DANS LA MÊME COLLECTION

Le châtiment des Foyle

ŒUVRES PRINCIPALES

Les aventures de Harry Dickson
Les cercles de l'épouvante
La cité de l'indicible peur
Les contes du whisky
Les derniers contes de Canterbury
Les gardiens du gouffre
Le Grand Nocturne
Malpertuis
Le livre des fantômes
Le carrefour des maléfices
Les contes noirs du golf
La croisière des ombres
La gerbe noire
Visages et choses crépusculaires

Jean Ray

Harry Dickson
Le châtiment des Foyle

suivi de
Les Vengeurs du Diable

Librio

Texte intégral

Une édition intégrale de **Harry Dickson, le Sherlock Holmes** américain,
va paraître prochainement aux Éditions Claude Lefrancq, Bruxelles.

LE CHÂTIMENT DES FOYLE

1. L'esprit du mal

C'était en Ecosse, au pied des Highlands, vers la fin de l'été.

Les merveilleuses semaines qui précèdent la chasse à la grouse !

Ces oiseaux, d'aussi grande valeur cynégétique que culinaire, s'ébrouaient déjà dans les sous-bois ; on les entendait se chamailler dans les buissons ; et leur vol, bruyant et lourd, éveillait souvent le silence forestier.

Les chasseurs n'étaient pas encore sur place, mais les braconniers se servaient d'avance et Tod Haigh, le patron de l'auberge des «Armes des Duncan», régalait ouvertement ses hôtes de ce gibier délicat, malgré la chasse encore fermée.

L'auberge était d'ailleurs bien solitaire, sise au bord d'une route peu fréquentée, dans un site charmant, d'où l'on voyait onduler au loin les célèbres montagnes vertes.

Depuis huit jours les touristes, clients ordinaires de Tod Haigh, avaient repris la diligence qui les menait à Leith, d'où ils regagnaient leurs lointaines pénates. Trois retardataires étaient restés fidèles malgré tous ces départs. Un vieux peintre irlandais qui pêchait plus de truites dans le torrent qu'il ne brossait de toiles ou n'exécutait d'esquisses, et deux citoyens de Londres, en qui nous reconnaissons Harry Dickson et son élève Tom Wills.

Harry Dickson en vacances ?

Que l'on se détrompe ; le détective était là en service

commandé, bien qu'il affectât des allures de touriste en repos.

A Scotland Yard, on lui avait dit :

« La police d'Edimbourg vient de nous appeler à l'aide. Il y a un mystère qui plane dans son district. Seulement, elle désire que l'enquête soit menée avec une discrétion parfaite, absolue : on ne désire pas priver toute une région de ses touristes d'été, ni de ses chasseurs d'automne.

» Voici les faits, qui se situent tous dans les environs de la bourgade de Glen-Loch. Au pied des Highlands, dans la région boisée, plusieurs crimes ont été commis, tous sur des personnes de très modeste condition : un repasseur de couteaux, un simple d'esprit qui faisait la cueillette des mûres, un enfant pauvre glanant du bois mort, un joueur de cornemuse ambulant, et deux marchands nomades traversant les bois avec leur pacotille.

» La police a eu des soupçons, et si vous n'y prenez garde, monsieur Dickson, vous risquerez de tomber dans ses errements, car une créature, presque infortunée, vit dans ce pays, et elle a attiré immédiatement sur elle les plus terribles soupçons.

» Il s'agit du jeune fils des Foyle, châtelains de l'endroit, des gens dont la fortune est immense, et qui sont quasi maîtres de la contrée.

» Le jeune Charles Foyle est un garçon difforme et bossu, affreux à voir ; une tête de vieillard libidineux, sur un corps d'enfant, car le bougre n'a que quinze ans. En plus de ces horribles défauts physiques, c'est un être amoral, aux trois quarts fou, d'une cruauté sans égale.

» C'est le plus abominable tortionnaire de bêtes que l'on puisse imaginer.

» ... «Pourquoi ce monstre n'est-il pas interné dans quelque hôpital psychiatrique ? » nous direz-vous. Les Foyle sont si riches, si influents ! De plus, et sur ordre de l'autorité, Charles est sous la surveillance continuelle d'un spécialiste, le Dr Lambeth, un homme très probe qui a fait ses preuves.

» Charles Foyle est d'une adresse extraordinaire, surtout quand il s'agit de blesser et de tuer les bêtes : il manie la fronde avec une dextérité digne de celle des meilleurs lanceurs des âges anciens.

» Cela a suffi pour attirer l'attention sur lui.

» Mais les meurtres ont tous été accomplis à l'aide d'instruments coupants : tranchets, couteaux, rasoirs ou haches... outils qui ne sont pas mis à la portée du jeune Foyle. Les recherches ont prouvé qu'il lui aurait été possible de fournir les alibis les plus irréfutables. La police l'a mis sous une surveillance étroite et, pendant ce temps, deux autres crimes s'accomplissaient.

» Le Dr Lambeth a d'ailleurs répondu de la parfaite innocence de son malade.

» Ne vous égarez donc pas de ce côté, Dickson, et surtout ne vous attirez pas les foudres des Foyle. Cela nous donnerait un tintouin du diable !

Harry Dickson songeait à toutes ces choses en quittant l'auberge des « Armes des Duncan » et en se dirigeant vers les bois environnants.

Tom Wills n'était pas de la promenade et avait préféré accompagner à la pêche le vieux peintre irlandais Peter Dell.

La matinée était radieuse, des clartés laiteuses traînaient sur l'horizon.

Les collines lointaines étaient nimbées d'argent et de nacre ; la terre aux vallonnements harmonieux se déroulait devant Dickson dans un ondoiement vert et or. Un chapelet de petits étangs brillait entre le promeneur et la forêt, et des butors s'y disputaient aigrement.

« Quelle paix merveilleuse pour un endroit si riche en horreur ! se dit le détective. Je comprends la prudence de la police écossaise. Une publicité un peu trop tapageuse, et ce serait l'exode des touristes. »

Il marchait d'un pas allègre, faisant lever des jacquets criards hors des sagittaires.

— Bonjour, sir... Avez-vous un peu de tabac pour un pauvre homme ?

C'était vraiment une personne misérable : vieux, tout en haillons, un antique chapeau haut de forme enfoncé sur la tête.

Harry Dickson lui tendit une demi-tablette de Navy-Cut et le bonhomme se confondit en remerciements émus.

— Je me nomme Billy, dit-il, et voilà ma maison…

Fièrement il montrait, à cent toises de là, au pied d'une butte gazonnée servant de piédestal à une antique chapelle, une lamentable roulotte.

Quelques moutons paissaient tranquillement autour de la petite maison roulante, sous la garde d'un vieux dogue presque édenté et d'un bélier autoritaire.

— C'est votre troupeau, sans doute ? demanda le détective.

Billy partit d'un grand éclat de rire.

— Mon troupeau, doux Seigneur ! Mais je ne possède pas seulement un flocon de laine ! Non, mon bon monsieur, je garde les moutons d'autrui, et ceux-ci appartiennent à Tod Haigh, un bien brave homme, qui me laisse gagner quelques sous.

» Ce sont de beaux moutons, et un jour vous en mangerez les gigots à l'auberge.

Il cligna de l'œil en bourrant de tabac une affreuse petite pipe toute noire.

— Le pâturage est salé. Cela donne un bon goût à la viande.

Tout à coup, sa mine se renfrogna.

— Cette sale bête de bossu va de nouveau s'amuser à faire peur à mes bêtes. Ah ! quelle vermine, doux Seigneur !

Harry Dickson suivit des yeux le regard du berger et vit deux promeneurs sortir de la chapelle, au haut de la butte.

L'un d'eux était un homme d'une cinquantaine d'années, portant un confortable complet de chasseur. Sa mine était grave et avenante, sous l'épaisse barbe brune. Quant à son compagnon, Harry Dickson le reconnut immédiatement.

C'était le jeune Charles Foyle.

Ah ! on n'avait pas exagéré sa laideur au Yard ! Petit, difforme, une énorme gibbosité soulevait ses épaules graciles et une hirsute tignasse rousse couronnait sa tête méchante de vieillard. Son aspect repoussant était rehaussé par un ridicule costume écossais, où le rouge vif était la couleur dominante.

Tout à coup, le nabot glissa des mains de son précepteur, qui avait fait le geste de le retenir, et il se mit à courir vers le troupeau.

Les moutons s'égaillèrent; le chien furieux aboya contre les jambes nues de l'avorton.

Celui-ci l'écarta d'un coup de pied adroit et, soudain, sortit une fronde de sa besace de cuir.

Avant que son compagnon l'eût rejoint, il avait fait tournoyer la lanière de peau, et un galet coupant traversa l'air en sifflant.

— Là, qu'est-ce que je vous disais! se lamenta Billy.

Un coup sourd venait de retentir, puis un craquement de bois éclaté.

La pierre avait atteint une des fragiles cloisons de la roulotte et l'avait défoncée de part en part.

— Touché! glapit le monstre... Aha! voilà Billy! Je vais lui casser sa sale figure! Hou! Hou!

Il se baissait pour ramasser un autre caillou quand, soudain, il roula sur le sol, atteint en plein visage par une gifle magistrale.

— Voilà pour vous apprendre à laisser les pauvres gens tranquilles! tonna la voix sévère de Harry Dickson.

Le nabot se releva en hurlant, et il montra le poing à son agresseur.

Sur ces entrefaites, le Dr Lambeth s'était approché, l'air soucieux et embarrassé.

— Je ne sais, monsieur, si je puis vous permettre... commença-t-il.

— Pardon, docteur, répondit Harry Dickson, j'ai grande envie de passer les menottes à votre pupille, et de le faire envoyer dans quelque maison de correction pour les mauvais garnements de son acabit. Voici ma carte!

— Monsieur Dickson, je suis navré de faire votre connaissance en de si lamentables circonstances. Mais il faut avoir beaucoup d'indulgence pour ce petit malheureux. D'ailleurs, le vieux Billy sera dédommagé par Lord Foyle et sa sœur, Lavinia Foyle.

Néanmoins, on avait fait connaissance et, alors que Charles se contentait, pour toute espièglerie, de tirer la laine bourrue des moutons, un bout de conversation s'engagea.

— Au château, nous avons été avisés de votre venue, monsieur Dickson, et Lord Foyle compte bien avoir l'honneur de vous y recevoir.

Harry Dickson fit un geste du côté du jeune homme.

— Un cas bien triste, sir, continua le docteur en secouant la tête d'un air las. Un esprit complètement malade, et quel détestable milieu pour son éducation! Lord Foyle, son père, le néglige complètement; on dirait qu'il soupçonne à peine son existence. Sa mère est morte depuis longtemps, et la sœur de son père, Lady Lavinia, s'occupe bien plus des affaires du château que de son neveu.

Charles Foyle, que le jeu de la laine arrachée n'amusait déjà plus, s'était mis à trépigner avec impatience.

— Barbu, vilain barbu! hurlait-il à l'adresse du docteur. Je veux m'en aller!... Venez, ou je dirai à mon père que vous m'avez fait battre par ce voleur.

» Dépêchez-vous, je veux aller tuer une sarcelle, une belle sarcelle avec des ailes bleues toutes rouges de sang!

Le Dr Lambeth prit hâtivement congé du détective, après lui avoir fait promettre de venir au château.

Billy les regarda s'éloigner avec une joie mal dissimulée.

— Quel petit sagouin! Ah! sir, cette gifle que vous lui avez donnée m'a réchauffé le cœur. Voulez-vous voir les jolis pipeaux que je taille dans du roseau et dans du bois tendre?

Tout en lui montrant les naïfs produits de son art, Billy ne cessait de bavarder avec le détective.

— Ce que le docteur ne vous a pas dit, déclara-t-il, c'est que le vieux Foyle est un fieffé soûlard! Un tonneau de whisky ambulant! Il déjeune d'une tasse de cet alcool, dîne d'une bouteille et soupe d'un gallon. Si on approchait un tison rougeoyant de son bec, il s'enflammerait comme un rat de cave, foi de Billy!

A ce moment, d'autres voix se mêlèrent à l'entretien; elles étaient fraîches et joyeuses.

14

— Hello! vieux Billy... Avez-vous trait vos brebis au moins, petit fainéant? Il nous faut du lait frais pour le petit déjeuner!

Billy se frotta les mains et manifesta aussitôt un réel plaisir.

— Voilà qui est mieux, sir, que ce vilain petit bandit. Voyez ces jolies filles venues de Londres. Elles sont très courageuses et habitent dans le bois. Elles font du... Comment dites-vous?

— Du camping? acheva Harry Dickson.

— C'est cela! Elles ont dressé des tentes blanc et vert. C'est d'un joli... Elles font du feu et elles sont solides comme des hommes!

A l'orée du bois apparaissaient les silhouettes gracieuses de six jeunes filles, habillées de toilettes claires, les jambes et les bras nus, les cheveux coupés court sur la nuque rasée, le teint bruni par l'air et le soleil. Elles s'approchaient du berger en brandissant toutes sortes de récipients.

— Hello, laitier! Vous êtes en retard!

Billy se hâta d'isoler deux de ses plus belles brebis, et l'une des jeunes sportives se mit en devoir de les traire.

Une autre s'approcha de Harry Dickson et lui tendit cavalièrement la main.

— Bonjour, sir. Mon nom est Lisbeth Dale. Je vous félicite!

— Et de quoi, mademoiselle Dale? demanda le détective, étonné.

— Du magnifique soufflet dont vous avez gratifié cette horrible mauviette vêtue comme un singe de cirque. J'espère que vous lui avez cassé quelque chose.

Le détective se mit à rire, puis il se présenta.

— Harry Dickson? Chouette! Venez dîner un jour sous notre tente, vous nous raconterez vos aventures. Bien sûr, on les a toutes lues, mais ce n'est pas tout à fait la même chose... En service?

— Non, mentit le détective. En vacances, tout simplement...

— Au fond, cela ne me regarde pas, et je suis peut-être indiscrète, mais quand on fait du camping, on devient mal élevée en diable. Excusez-moi, grand homme que vous êtes!

Lizzie Dale se tourna vers ses compagnes.

— Hep! les filles! La corvée du lait est-elle achevée? Alors venez, que je vous présente à un homme célèbre!

Une course folle s'engagea et, une minute plus tard, le détective se vit entouré d'un groupe hilare des plus jolis minois du monde.

— Harry Dickson. Merveille! Captain Lizzie, faites donc les présentations!

Gravement, le «capitaine» obéit:

— Voici mon lieutenant, Kate Sonny. Quel joli nom, hein, monsieur Dickson? Elle est noire comme du jais, et pourtant anglaise jusqu'au bout des ongles.

» Jessie Horst, rouge comme le feu.

» Maddy Armstrong, solide comme son nom l'indique.

» Dora Straitforth, la plus belle blonde de Kensington Road.

» Et cette merveille brune, c'est Minerva Campbell, la bien nommée, car c'est la plus grave de nous toutes. D'un sérieux à faire pleurer le Sphinx!

Harry Dickson distribua des poignées de main à la ronde, tout au charme de cette jeunesse heureuse et insouciante.

— Vous viendrez nous rendre visite, hein, grand Harry Dickson? supplia Lizzie. N'oubliez pas que c'est moi qui vous ai découvert. Nous restons encore trois semaines ici et il n'en faudra pas plus pour que l'une d'entre nous vous épouse de gré ou de force.

Le détective rit de bon cœur et promit tout ce qu'elles voulaient.

— Aimez-vous le gibier, monsieur Dickson, ou préférez-vous le saumon? demanda la grave et pragmatique Minerva. Nous pêchons avec beaucoup de succès...

— Aimez-vous le gibier, monsieur Dickson? renchérit Kate. Je chasse très bien...

16

— Sur les terres du seigneur Foyle ? demanda narquoisement le détective.

La belle jeune fille haussa dédaigneusement les épaules.

— Nous ne voulons pas du gibier de ces rats : le droit de chasse, dans les bois qui nous entourent, appartient à je ne sais quel seigneur absent, qui l'a cédé à l'excellent Tod Haigh, le plus honnête aubergiste du monde.

C'est ainsi que Harry Dickson fit la connaissance du club des «Amazones». Cette rencontre lui fit plaisir mais, d'un autre côté, elle le remplit d'appréhension : les jeunes filles ne se trouvaient-elles pas en danger dans ces régions hostiles ? Il se promit de leur en parler ouvertement, lors de leur prochaine rencontre.

Il fit une longue promenade, poussa une pointe jusqu'aux environs du manoir des Foyle, une immense et triste bâtisse, juchée sur une colline rocheuse, moitié ruine, moitié castel moderne, et respirant une hautaine ladrerie.

Il contourna les grands étangs giboyeux, d'où s'élevèrent des vols tourmentés de cols-verts et de pilets, déjeuna d'une plantureuse omelette chez des fermiers solitaires de la montagne et revint le soir à l'auberge, fourbu mais heureux.

Toutefois, il se vit entouré de visages soucieux.

Tom Wills et Peter Dell conversaient à voix basse autour d'un plat de poisson qui refroidissait, tandis que Tod Haigh versait à boire à deux hommes de la maréchaussée montée, qui saluèrent respectueusement Harry Dickson à son entrée.

— Nous voudrions vous dire un mot, monsieur Dickson, murmurèrent-ils.

Du geste, le détective les invita à sa table.

— Un coup de téléphone du château nous a fait accourir ce midi : cette petite ganache de Charles Foyle avait brûlé la politesse à son gardien, le Dr Lambeth, et nous avons dû nous mettre à sa recherche.

— L'avez-vous trouvé ? demanda Dickson.

— Pas nous, mais le vieux Billy... Charles Foyle était couché dans le Ravin Bleu, la tête fracassée.

— Ah!... Et que raconte Billy?

— Pas grand-chose... Il avait dirigé son troupeau, à midi, vers les pâturages du ravin, qui sont très gras, et c'est son chien qui a découvert le cadavre.

» Billy n'a d'ailleurs pas eu le temps d'en dire plus long... Il était couvert de sang et une flèche lui traversait la gorge!

— Tonnerre! cria Harry Dickson. Et...

— Il est mort il y a une heure, monsieur Dickson, sans avoir pu ajouter un mot. Le pauvre diable!...

2. Le château de la laideur

Harry Dickson attendait depuis plus d'un quart d'heure dans le hall froid et silencieux.

Il marchait de long en large, martelant d'un pied impatient les grandes dalles bleues qui sonnaient creux sous ses pas.

Accrochées le long d'une muraille grise, des armes archaïques et mal entretenues, ainsi que des boucliers datant des guerres civiles, flanquaient une vaste panoplie grimaçant de toutes ses hures et de tous ses bois de cerfs.

Une vague clarté donnait des contours indécis à ces objets funèbres, leur apportant un semblant de vie falote et fantomatique.

Tout en haut d'un escalier de chêne lustré, des vitraux verts distillaient des lueurs venimeuses. A l'étage, une voix furieuse gourmandait une invisible valetaille.

Enfin, des pas traînants retentirent en haut des marches et un vieux valet de pied en miteuse livrée, mi-écossaise, mi-d'apparat, parut et fit signe au détective dès qu'il le vit.

— Lady Lavinia et Sir Roger Foyle vous attendent dans la galerie, sir! dit-il en exécutant une pénible révérence qui fit craquer sa maigre échine.

Sans un mot, le détective le suivit par des couloirs

sonores, où soufflaient d'âpres vents coulis; une odeur âcre de cuisine flottait.

Enfin, le domestique repoussa les battants d'une haute porte et s'inclina après s'être effacé pour laisser entrer le visiteur.

Une salle immense, toute en longueur, où régnait le même jour verdâtre que dans les vestibules, l'accueillit.

D'abord, le détective la crut peuplée, surpeuplée. Des visages blêmes, les uns vilainement glabres, les autres barbus à l'excès, semblaient vouloir l'écraser de leurs regards lourds.

De longues mains blanches ou tannées se tendaient dans l'espace; Harry Dickson vit des uniformes, des armures ternies, des toges, des robes de gala.

Il se rendit compte alors qu'il s'agissait de portraits, d'affreux et saisissants portraits d'ancêtres, régnant en théorie le long des murs lambrissés, d'où les tentures fanées coulaient comme une eau moisie.

Puis il comprit que deux autres personnages, n'appartenant pas au passé ceux-là, étaient présents dans la salle.

Pas au passé... C'était beaucoup dire. Ils étaient vêtus de défroques presque aussi surannées que celles des ancêtres immobiles.

Une haute et maigre femme se tenait debout près d'une fenêtre en ogive, habillée d'une robe en velours noir surmontée d'un col de dentelle jaune; et cette tenue accentuait encore sa taille immense.

Sa tête petite et dure était coiffée d'une sorte de bonnet. Elle dardait sur l'invité de petits yeux jaunes, piqués de feu.

— Monsieur Dickson, glapit-elle d'une voix aigre de crécelle, veuillez approcher, je vous prie. Je suis Lady Lavinia, et je vous présente mon frère, Sir Roger Foyle...

Un sourd grognement porcin répondit, et le détective vit le maître de céans.

Harry Dickson avait rarement contemplé figure plus repoussante.

L'homme était tassé sur une chaise sculptée. Tout en

graisse malsaine, son visage immense, mafflu, était d'un rouge sombre ; les yeux, à peine visibles, se cachaient dans des bourrelets de chair écarlate ; une barbe maigre poussait dans cette hideuse masse gélatineuse.

Foyle tendit au visiteur une énorme main, molle et moite.

— Bonjour... Voulez-vous boire ?

— Taisez-vous, Roger ! cria sa sœur. Monsieur Dickson n'est pas venu pour boire. Vous ne pouvez donc penser à autre chose qu'au whisky, alors que vous avez Charles, votre fils, à venger ?

— Charles ? Très bien ! Quelle cochonnerie nous a-t-il fait de nouveau ?

» Ah ! c'est vrai... Il s'est cassé la figure...

— Quel langage ! s'écria Lady Lavinia en colère. Voulez-vous laisser cette bouteille tranquille, mon Dieu !

D'un pas de grenadier, elle marcha vers son frère, arracha de sa main tremblante une bouteille de whisky fraîchement entamée et se tourna vers Harry Dickson.

— J'ai donné des ordres pour que l'on serve immédiatement le déjeuner. Veuillez nous faire l'honneur d'y assister, sir !

Le ton n'admettant aucune réplique, le détective s'inclina ; l'heure du repas lui permettrait peut-être de mieux observer ce couple étrange.

Lady Lavinia frappa sur son gong qui résonna comme une cloche : des serviteurs parurent et saluèrent.

— Faites servir à l'instant, Toodle ! Votre bras, monsieur Dickson !

Harry Dickson, qui n'avait pas eu l'occasion de placer le moindre mot, s'exécuta poliment. Le visage de haquenée de Lady Lavinia se rapprocha du sien ; il remarqua le grain grossier de la peau, les lèvres livides, le cou décharné ; sur son bras, la main de la châtelaine pesait comme une serre de vautour, et ses pas s'allongeaient au rythme des siens avec une aisance naturelle.

Derrière eux, il y eut un bruit de roues grinçantes : Sir Roger, impotent, ne quittait plus guère sa chaise roulante qu'un valet poussait vers la salle à manger. Jouxtant la galerie des ancêtres, elle était tout en ombres. Des lambris de chêne noir, des tentures y escamotaient la chiche lumière des vitraux. Seule, la table mettait quelque blancheur dans ces ténèbres. Elle était pourtant dressée sans ordre ; ses porcelaines et ses faïences étaient jaunies par le temps, ses rares cristaux ébréchés et de différentes origines. Harry Dickson reconnut du baccarat, du bohème, du Val St-Lambert...

Un domestique noua une serviette au cou de Sir Roger, qui grogna.

— Whisky, dit-il d'une voix rauque en jetant un regard plein d'espoir sur le visiteur. Le monsieur veut boire aussi...

Lady Lavinia fit un signe de tête, et un carafon rempli d'alcool fut vidé dans les verres. Sir Roger gloussa de plaisir et, d'une main avide, se saisit de la tulipe de cristal, qu'il vida d'un trait.

— Encore ! Ces verres sont trop petits !

La maîtresse de maison haussa les épaules et le domestique remplit à nouveau le verre du maître.

— Nous parlerons au dessert, décida Lady Lavinia.

Harry Dickson devait se souvenir longtemps de ces froides et lugubres agapes.

Il faisait glacial dans la pièce, malgré un bon soleil de septembre qui baignait le paysage montagneux du dehors ; des courants d'air s'infiltraient traîtreusement autour de la table, flirtant avec les napperons, mais ni la lady ni son frère ne semblaient les sentir.

On servit un fade saumon froid, puis un cuissot de chevreuil nageant dans une eau grasse. Un pâté à la croûte crayeuse suivit le rôti. Il contenait une sorte de bouillie livide où l'on discernait à peine le goût de la volaille cimentée de farine d'avoine.

Harry Dickson était las jusqu'à l'écœurement. Il avait faim, mais l'odeur graillonneuse des mets lui soulevait le cœur. Sir Roger, lui, ne devait pas être à pareille fête tous les jours, car il s'empiffrait d'énormes bouchées qu'il faisait passer à grand renfort d'alcool.

On servit un vin de mûres, âpre comme du vinaigre.

21

Le dessert sourit heureusement à l'invité : les fruits, au moins, ne devaient pas se ressentir de la sordidité générale.

Court espoir ! Les poires étaient blettes, les pommes acides, les amandes sèches et poudreuses. Mais le whisky se révélait de qualité.

— Et maintenant, dit Lady Lavinia, qui n'avait desserré les dents que pour picorer de menues miettes et donner des ordres à la valetaille, maintenant causons, monsieur Dickson. Ce n'est pas que j'aie beaucoup à vous dire, mais n'importe : vous êtes venu pour m'écouter.

» Qu'allez-vous faire ?

La belle question ! Elle éberlua quelque peu le détective, qui ne répondit pas immédiatement.

— Je vois, dit aigrement l'hôtesse, les gens de la police ont toujours le bec dans l'eau quand on leur pose une question franche et nette.

» Charles est mort… Je dis qu'il a été assassiné ! Je veux que le meurtrier soit arrêté sans retard, jugé et pendu.

Harry Dickson acquiesça du geste et prêta toute son attention à une poire un peu moins pourrie que les autres.

— Vous me direz que d'autres crimes ont été commis dans la région ces derniers temps, continua Lady Lavinia, mais comme les victimes étaient gens de rien, vous n'avez pas à vous en occuper, il me semble !

— Croyez-vous ? demanda Harry Dickson. Une vie humaine est une vie, madame, et je m'occupe d'un pauvre diable comme d'un lord.

— Balivernes !… Enfin, je n'ai pas à vous faire la leçon. J'espère que le criminel n'est pas Billy. Dans ce cas, il échapperait à la potence.

— Ce n'est pas Billy, répondit le détective. Cela est bien aisé à comprendre, milady !

— Tant mieux ! Mais je ne connais personne dans la région qui puisse être suspect. J'ai renvoyé le Dr Lambeth, sans lui payer ses honoraires. Il se peut que j'aie eu tort de le laisser partir ; vous auriez pu l'arrêter.

— Je ne le crois pas, mais j'aurais néanmoins voulu le voir… Je ne sais où il est allé. Et vous, Lady Lavinia ?

Elle eut un haut-le-cœur et considéra le détective avec colère.

— Comment voulez-vous que je le sache, sir ? Je l'ai renvoyé, et il a dû partir sur l'heure. Je ne m'occupe plus d'un serviteur congédié pour mauvais et déloyaux services, comme le furent les siens.

— Je devrai questionner vos domestiques…

— Inutile… Je l'ai déjà fait. D'ailleurs, aucun d'eux n'était absent au moment du crime.

Harry Dickson commençait à sentir les premiers symptômes d'une patience ébranlée par une trop longue épreuve.

— Je regrette, mais je devrai les interroger. J'aurai avantage à les questionner séparément. Vous voudrez bien me laisser disposer d'un de vos salons à cet effet.

— Est-ce un ordre, sir ? clama-t-elle d'une voix pointue.

— Certainement, milady !

Lady Lavinia verdit de rage, mais elle n'osa riposter. Son frère se chargea de détourner l'orage. Durant la conversation, qu'il n'avait pas même suivie, il s'était largement abreuvé de whisky, mais il semblait toutefois avoir compris obscurément les réticences du détective, et son visage reflétait une joie sournoise.

— Ah !… Ah !… Il faut obéir, ma sœur. Vous avez reçu un ordre ! Oui, un ordre ! Aha !… Aha !… Si vous n'obéissez pas, vous irez en prison, et peut-être serez-vous pendue !

De son doigt boudiné, il montra le détective.

— Il est le plus fort !… Donnez-lui du whisky !… Aha !… Cet homme me plaît, car c'est un homme !… Ah !…

— Taisez-vous, pourceau ! hurla la mégère, perdant brusquement toute notion de dignité.

— Là ! Là ! Je n'ai rien dit de mal, grogna piteusement le poussah, mais on a le devoir d'offrir à boire à ses invités. C'est la coutume des ancêtres ; il faut la respecter.

Il n'en avait peut-être jamais dit aussi long, et il devait en avoir la gorge sèche, car il prit une énorme lampée d'alcool, se lécha les lèvres et recommença.

— Quel courrier emporte votre correspondance, milady? demanda négligemment le détective.

— Courrier? Quel courrier? Je n'écris jamais! On n'a pas de lettres à faire ici, et quant à mes comptes, ma tête me sert de grand livre.

— Très bien! La question était d'ailleurs sans importance, avoua Harry Dickson.

Mais il coula un regard de côté sur la main de l'hôtesse, dont un des doigts était légèrement taché d'encre violette.

Le détective se leva.

— Veuillez donner des ordres à vos domestiques, milady; puis-je vous demander de me céder pour quelques instants cette pièce-ci?

Elle se leva à son tour.

— Je comprends, monsieur, je ne dois pas assister à cet interrogatoire. Je m'incline. Je n'y connais rien en fait de mœurs policières. Je ne dis pas qu'elles soient celles de gens bien élevés, mais devant la loi de son pays on s'incline, monsieur!

» Toodle! emmenez Sir Roger dans le salon rouge. Je l'y rejoindrai à l'instant.

L'interrogatoire n'apprit rien à Harry Dickson, comme il s'y attendait.

Ce n'étaient que lamentations hypocrites sur la mort de «ce pauvre monsieur Charles, si jeune, si malheureux...».

Le vieux Toodle semblait toutefois un peu plus sincère que les autres, il ne cacha pas que le jeune maître avait très mauvais caractère. «Mais on pardonne tout aux morts, n'est-il pas vrai, sir?...»

— Que pensez-vous du Dr Lambeth? demanda brusquement le détective.

Les lèvres du vieillard tremblèrent.

— C'était un bien brave homme, sir. Je ne puis que regretter son départ.

— Comment a-t-il quitté le château?

L'homme secoua la tête d'un air d'ignorance.

— Personne ne l'a vu partir. Lady Lavinia nous a seulement signifié que nous n'aurions plus à faire sa chambre, ni à dresser son couvert dans la salle à manger; elle a ajouté que le Dr Lambeth avait cessé d'appartenir au personnel du château.

— Vous l'aimiez bien, Toodle ? demanda doucement Harry Dickson.

Les yeux du vieux serviteur s'embuèrent.

— Oh oui, sir ! Il était doux et patient. Il a beaucoup supporté de la part de monsieur Charles...

— Et de Lady Lavinia, acheva Harry Dickson.

Mais le vieux valet nia.

— Milady n'était pas méchante avec lui. Elle qui ne fait attention à personne aimait s'entretenir avec lui, il était très instruit d'ailleurs. Elle ne permettait même pas que Mr. Sharkey lui fasse une observation.

— Mr. Sharkey ? Qui est-ce ?... Je n'ai jamais entendu parler de lui.

— C'est l'intendant du château, sir. Vous n'avez pu le voir parce qu'il est en tournée dans les terres. C'est un homme sévère et très pointilleux ; Lady Lavinia elle-même l'estime et le considère, car il rend de grands services à Leurs Seigneuries. Je suppose que vous le verrez ici un jour ou l'autre.

— Pourriez-vous me conduire à la chambre du Dr Lambeth sans que personne le voie, Toodle ?

Le domestique réfléchit et finit par dire :

— Ouvrez la porte sans bruit et montez l'escalier de service, à votre gauche : la troisième porte sur le palier est celle de la chambre de ce pauvre docteur. Vous la trouverez telle qu'il l'a laissée. Je resterai ici et, de temps à autre, je parlerai à haute voix, comme si vous me demandiez quelque chose.

Harry Dickson donna une tape amicale sur l'épaule du bonhomme.

— Vous êtes adroit et intelligent, Toodle. Je vous remercie et, quand je pourrai vous être agréable, comptez sur moi.

— Merci, sir... Puis-je vous demander de faire vite ? Tous les domestiques sont en ce moment à l'office et vous ne rencontrerez personne.

Harry Dickson s'engagea dans un escalier en spirale

également baigné d'une lugubre clarté verdâtre. En bas, il entendait s'élever la voix chevrotante du vieux domestique :

— Non, sir, nous n'avons vu personne… La vie ici est très calme et très égale, milady pourra vous l'affirmer…

Harry Dickson compta les portes et ouvrit la troisième.

La chambre était spacieuse et assez agréable.

Des meubles anciens, dont quelques-uns précieux, l'ornaient. Une propreté minutieuse témoignait de l'affection de Toodle pour son habitant. Harry Dickson explorait la pièce avec cette savante célérité qui le caractérisait. La chambre était vide de tout vêtement et objets de toilette.

Le départ était évident, méthodique et non hâtif comme on aurait été tenté de le croire.

Harry Dickson secouait la tête d'un air dépité, quand soudain il tomba en arrêt devant un coin de la cheminée.

Un râtelier était là, au grand complet, avec une demi-douzaine de pipes accrochées dans les encoches, et toutes culottées avec art.

Le détective les considérait en connaisseur.

— Le docteur savait fumer la pipe… Regarde-moi cette dorure précise et faite avec amour.

» Hum… aucune ne manque à l'appel ! Qu'un fumeur oublie une pipe, on peut l'admettre au besoin, mais *toutes* ! Et un tel fumeur !

L'air gardait encore les relents d'un tabac de choix.

— Et pas un grain de tabac ! Voilà un fumeur enragé qui emporte son tabac et qui oublie toutes ses pipes. Non mais… *toutes*… Vraiment curieux…

Dans un cendrier de faïence verte se trouvaient encore des culots noircis et une ample cendre grise ; pas d'allumettes brûlées, mais des débris friables de papier calciné.

— Le docteur allumait ses pipes avec des torches en papier, comme cela arrive souvent à des hommes cultivés, écrivant beaucoup…

Il tâta d'un doigt précis la masse carbonisée. Un morceau blanc apparut, et le détective s'en empara.

C'était un papier assez fort, comme du papier à lettres,

fortement chiffonné, ce qui l'avait préservé d'une combustion complète.

— Oh là !

Harry Dickson avait jeté ce cri à mi-voix. Des caractères tracés à l'encre violette venaient d'apparaître ; quelques mots demeuraient lisibles :

… cher Archie, comme je vous aime ! Vous êtes le seul homme… dans ma vie… mais S…

… m'écouter…

… vinia…

Et soudain, à travers ces bribes, tout un sordide et lamentable roman se révéla à Harry Dickson, le psychologue.

La hautaine et sèche Lavinia était tombée amoureuse de cet homme bien élevé, intelligent, beau, surgi soudain dans sa terne vie !

Il voyait Lambeth, faible et doux, capituler devant cette mégère autoritaire, devenir son jouet docile, se prêter à ses séniles caprices de femme dédaignée par tous ceux qui l'approchaient.

Dickson s'attarda sur la solitaire majuscule S…

L'initiale d'un nom ? Lequel ? Sharkey peut-être… Quel rôle cet homme avait-il joué dans cette double vie, si tristement unie ?

Soigneusement, le détective serra le précieux papier dans son portefeuille et se glissa hors de la chambre, puis regagna l'escalier de service.

En bas, la voix monotone de Toodle résonnait toujours.

— Je me demande qui a bien pu s'attaquer à ce pauvre enfant… C'est affreux… Nous en sommes tous malades et Lady Lavinia en mourra si on ne retrouve pas son assassin, soyez-en sûr, sir !

— Eh bien, monsieur, dit Lady Lavinia en apercevant Dickson, maintenant qu'il m'est permis d'avoir de nouveau accès à ma salle à manger, votre interrogatoire a-t-il été fructueux ?

— Je suis heureux de devoir vous donner raison,

milady : vos gens ne savent rien et je les tiens quittes après ce long et inutile interrogatoire... Je vous présente mes excuses, ainsi qu'à Sir Roger...

Ledit Sir Roger qu'on avait ramené, sommeillant dans sa chaise roulante, s'éveilla en sentant les effluves du whisky posé sur la table.

— Pas partir... sans avoir bu... coutume des ancêtres, bégaya-t-il d'une voix pâteuse... Whisky...

Et, comme sa sœur lui tournait le dos, il but à même la bouteille en grimaçant de plaisir.

Harry Dickson quitta le château d'un pas allègre et atteignit les bois.

A peine eut-il fait quelques pas sous le couvert que les buissons s'écartèrent, livrant passage à Tom Wills, la mine satisfaite.

— Quoi de neuf, mon ami ? demanda le détective.

— Une chose intéressante ! affirma Tom en se frottant les mains. J'ai surveillé le château, comme vous me l'avez dit, tout le temps de votre présence là-bas ! Cela a duré... Heureusement, Tod Haigh m'avait pourvu de quelques bons sandwiches, sans quoi j'aurais dû me contenter de mûres et de noisettes.

» Je surveillais donc le manoir, caché dans les halliers, quand, il y a une heure environ, un domestique sortit par une des poternes de service et marcha dans ma direction. Il tenait une lettre à la main, lettre qu'il ne mit dans sa poche qu'en approchant de ce bois.

» Comme il y entrait, je me dressai devant lui.

» Il eut l'air passablement effrayé, surtout quand je lui montrai mes insignes de police.

» — Montrez-moi la lettre que vous venez de glisser dans votre poche.

» — Je n'ai pas de lettre !

» — Très bien. Vous allez me suivre jusqu'au bourg où vous la montrerez au commandant de la maréchaussée, qui jugera s'il doit vous incarcérer sur le chef de refus d'obéir à la police dûment accréditée en ces lieux.

» Il se mit aussitôt à se lamenter.

» — Si la lady l'apprend, je perdrai ma place ! gémit-il.

28

» — Elle n'en saura rien, si vous tenez votre langue, répondis-je.

» Il fit encore quelques façons pour la forme, et finit par me remettre la missive.

» Elle n'était pas très bien close, car cela avait dû être fait à la hâte ; j'en ai transcrit l'adresse et le contenu sur mon carnet. Voyez :

Mon cher Archie !

Vous êtes parti. Pourquoi ? Mon cœur vous appelle ! Que craignez-vous ? Je n'ose croire que vous pourriez avoir trempé dans un attentat monstrueux contre un être de mon nom et de mon sang ! Et même alors, je vous protégerais et j'implorerais la clémence de ceux qui oseraient vous juger.

Où êtes-vous ? Revenez ! Ne me laissez pas vivre dans l'atroce idée que vous n'êtes qu'un vil suborneur, qu'un homme qui m'a séduite pour m'abandonner face à face avec ma honte de femme perdue. Songez que je vous ai tout donné ! Songez que devant Dieu je suis votre femme !

Votre malheureuse mais éternelle aimante,

Lavinia,
Votre Lavinia, à vous seul, comme vous m'appeliez au temps de notre bonheur !
Au docteur A. Lambeth,
Tottenham Court, 155 b. Londres.

Harry Dickson resta longtemps songeur et, sans mot dire, rendit le carnet à son élève.

Ils marchèrent longtemps à travers bois, sans échanger une parole, Tom Wills respectant le mutisme empreint des pensées infinies de son maître.

Enfin, le détective sembla secouer un rêve lourd.

— Une écriture haute, tout en angles, à l'encre violette, n'est-ce pas ? demanda-t-il à mi-voix.

— Absolument, maître, répondit Tom Wills, étonné.

— En tout point pareille à celle-ci, dit Harry Dickson, exhibant le fragment cendreux découvert par lui dans la chambre du Dr Lambeth.

— Tout à fait, maître !

Harry Dickson retomba dans son mutisme.

Des bécasses rentraient sous bois pour y trouver un gîte

de nuit, les ailes froufroutantes; des perdrix égaillées se rappelaient à l'orée; un faisan passa d'un vol lourd; le soleil, dans une gloire d'or et de feu, descendait vers l'horizon aux nuages finement frangés.

3. L'ogre rôde

— Mon nom est Sharkey, William Barnstaple Sharkey.

C'était formulé d'un ton autoritaire et agressif qui fit lever la tête à Harry Dickson, assis à la table de l'auberge où il transcrivait ses notes.

Tod Haigh se réfugia d'un air peureux derrière son comptoir.

— Vous n'êtes pas de trop ici, Tod Haigh, dit William Sharkey. Donnez-moi de la bière. Non pas de votre ordinaire poison, mais de la vieille ale. Compris?

Le détective considérait avec attention l'homme qui venait d'entrer.

Il était grand et musclé, au-delà de la moyenne; ses mains étaient énormes et ses doigts largement spatulés; ses grands yeux noirs ne cillaient qu'à de longs intervalles dans son visage large comme un jambon, et dont la couleur boucanée ressemblait quelque peu à celle de cette chair friande.

Il portait un costume de gros velours côtelé et une ceinture de cuir, où se fixait une gaine solide.

Harry Dickson vit la crosse d'un revolver de gros calibre qui en émergeait.

— Vous circulez armé dans le pays, monsieur Sharkey? demanda-t-il.

— J'ai droit de police dans la contrée et je suis assermenté, vous devriez le savoir, monsieur le détective, fut sa réponse brutale.

— Et qu'avez-vous à me dire?

— Je dis que c'est ce sale oiseau de Lambeth qui a fait le coup! Milady l'a laissé filer: elle avait un faible pour ce type! gouailla-t-il d'un air crapuleux. Vous me comprenez?

— Peut-être... Mais qu'est-ce qui vous permet d'avancer de si graves accusations?

— Tout! Qui a quitté, en dernier lieu, le pauvre petit? Qui? Vous devriez le savoir, monsieur de la police, si vous connaissez votre métier, ce qui peut être discutable. J'en ai vu d'autres que vous!... Qui haïssait le petit? Lambeth!... L'hypocrite!...

— Il le haïssait? C'est la première fois que je l'entends dire...

— Parce que vous ne savez pas ouvrir les oreilles, parce que les gens n'osent pas parler, peut-être. Mais c'était un hypocrite, qui savait cacher son jeu. Moi, de mes yeux, je lui ai vu faire un croc-en-jambe à Charles. Je lui ai flanqué un bon coup de poing... Dommage qu'il ne soit pas là pour en témoigner, le bandit!

— Vraiment dommage, comme vous le dites, monsieur William Barnstaple Sharkey.

— Alors, qu'est-ce qui vous empêche de courir à ses trousses, au lieu de perdre votre temps à écrivailler dans une misérable auberge?

— Beaucoup de choses m'en empêchent, monsieur William Barnstaple Sharkey, répliqua le détective avec une tranquillité désarmante.

L'homme considéra Dickson avec un éclair de colère dans les yeux.

— Vous moqueriez-vous de moi, par hasard, flic de malheur?

Harry Dickson se leva et s'étira.

— Je crois que le titre que vous me donnez, monsieur Sharkey, est plutôt malsonnant, ne trouvez-vous pas?

— Prenez-le comme vous voulez, riposta insolemment l'intendant, je ne suis pas habitué à mâcher mes paroles, moi!

— Dans ce cas-là, je ne vous retiens plus...

— Ne plus me retenir? Ecoutez-moi cet oiseau! Je suis ici à l'auberge et j'y resterai aussi longtemps que bon me semblera. Et si j'en ai envie, je vous mettrai à la porte de mes propres mains !

Il montrait ses poings musculeux.

Mais, à la même minute, deux mains non moins musclées le saisissaient aux épaules, le renversaient pour le soulever ensuite, tandis qu'un pied dur comme du fer lui martelait le bas des reins en cadence.

— Ouvrez la porte, Ted, ordonna la voix calme du détective.

Sharkey se tordait comme un congre, mais Harry Dickson ne bronchait pas d'un cran. Son pied se soulevait avec une régularité terrible de marteau-pilon, et on entendait chaque fois sonner un coup mat sur la chair meurtrie.

Tod Haigh ouvrit la porte en tremblant.

— Et revenez, monsieur William Barnstaple Sharkey, quand vous aurez de meilleures manières, dit Harry Dickson.

Un dernier coup de pied, et l'intendant alla s'étaler de tout son long sur le gravier de la route.

— C'est magnifique ! dit tout à coup une voix harmonieuse.

Harry Dickson, qui s'apprêtait à refermer la porte, se retourna et se trouva face à face avec Minerva Campbell, la campeuse.

Elle avait les joues en feu et ses yeux sombres brillaient ; sa superbe poitrine se soulevait sous l'emprise de l'émotion.

— Vous êtes un homme, monsieur Dickson, dit-elle à voix basse. Voulez-vous me serrer la main ?

Harry Dickson sentit une main fine et pourtant solide se glisser dans la sienne.

— Je venais de la part de mes camarades vous inviter à un souper aux torches, monsieur Dickson. Nous avons allumé un grand feu de joie en votre honneur. J'ai pêché de belles truites saumonées et Kate a tiré des grouses, qui grillent au feu clair. Nous sommes sobres, mais pas complètement abstinentes. Ce soir, nous allons rompre cette trêve et nous servirons du vin...

32

Harry Dickson accepta, il avait besoin d'un peu de diversion.

Minerva Campbell jeta un regard ironique à Tom Wills, qui attendait lui aussi une invitation.

— Nous regrettons de ne pouvoir admettre ce cher monsieur Wills à notre festin, dit encore la jeune fille. Le règlement du club des «Amazones» est formel: pas de jeunes gens; ils sont trop compromettants!

— Mais pour les vieux messieurs, il y a exception, dit Harry Dickson en riant. Ils ne sont pas compromettants, eux…

Minerva rougit et détourna son regard du détective.

— Vous êtes méchant, monsieur Dickson… Je… suis… très embarrassée.

— Allons, je ne veux pas que les truites se convertissent en cendres, ni que les grouses de cette adorable Kate aient un goût de roussi. Je vous suis, ô sage Minerva! dit le détective.

Ils sortirent dans le crépuscule bleuté, déjà piqué de quelques étoiles blondes; au loin, entre les arbres de la futaie, on voyait luire la flamme rouge d'un grand feu de bois.

Harry Dickson se souvint d'un autre pas de femme à ses côtés, il y avait quelques heures à peine, et il compara la dure et méchante silhouette de la grande dame à celle de sa compagne.

Minerva Campbell marchait d'un pas élastique, ondulant un peu des hanches. Son profil grave ressemblait étrangement à celui de la déesse des sages. Parfois, son bras effleurait celui de son compagnon, et une douce chaleur se communiquait à ce furtif contact.

Harry Dickson secoua le trouble passager de cette superbe présence, et d'une voix joviale il prétendit sentir le fumet des rôtis.

Minerva soupira et son bras pesa tout à coup sur le sien.

— C'est beau un homme comme vous, dit-elle. Je vous ai vu dominer cette déplorable brute… J'aimerais être un homme, un homme comme vous, Harry Dickson…

Il remarqua qu'elle avait omis de l'appeler «monsieur»,

et il ne dégagea pas son bras de la douce et ferme emprise.

— Voilà qui s'appelle être à l'heure ! cria Lizzie dès qu'elle les vit paraître à travers les arbres. Aux torches, mes amies !

Trois brandons de résine grésillèrent et jetèrent de hautes flammes rousses dans le soir. Les tentes s'éclairèrent doucement à l'intérieur sous la clarté des photophores.

Jessie, le visage empourpré, s'affairait autour du feu, retournant les poissons, donnant un dernier tour à des broches improvisées.

— A table !

Ce fut une heure charmante. Harry Dickson, mis en verve par un large gobelet de vin pétillant, obtint un succès étourdissant en comparant le menu vespéral et sylvestre avec celui du château.

Servis sur de larges feuilles de catalpa sauvage, les filets de truite furent trouvés délicieux. Les grouses, ruisselantes de graisse fondue, furent rongées jusqu'aux moindres osselets.

La forêt avait pourvu à un copieux dessert de mûres et de noisettes.

Le vin n'était pas mesuré.

— Nous sommes six Robinsonnes dans une île déserte, clama la blonde Lizzie, et nous avons trouvé un Vendredi.

— C'est moi ? demanda Harry Dickson.

— C'est vous, prestigieux chevalier des âges modernes. Vous êtes notre Vendredi, et la loi de la solitude vous fait notre esclave !

— A minuit le conseil siégera, Vendredi, dit Maddy, et vous ordonnera d'épouser l'une d'entre nous. Le droit en revient à la reine, Lizzie !

— Je cède mes prérogatives à Minerva, répliqua ironiquement le « capitaine ».

Minerva Campbell rougit si fort qu'on put s'en apercevoir en dépit de l'éclat écarlate des foyers.

— Vous êtes insupportable, Lizzie, murmura-t-elle.

34

Mais le détective sentit son bras contre le sien, son épaule qui touchait la sienne.

Il songea un moment à sa vie malgré tout enclose, sans tendresse; il revit sa jeunesse studieuse et laborieuse entre toutes. Une vague tristesse l'envahit: ses tempes avaient blanchi. N'était-il pas devenu ce «vieux monsieur» si peu compromettant?

Mais le trouble ne dura guère. Il leva son gobelet et proposa un toast au club des «Amazones».

— A la santé de...

Pan!

Le gobelet lui sauta des mains et une estafilade rouge courut sur sa chair.

Les jeunes filles poussèrent une même clameur d'effroi.

— On a tiré sur vous!

Harry Dickson allait s'élancer, mais une main plus vigoureuse qu'il ne le croyait le retint. Minerva, pâle comme une statue, lui barrait la route.

— Pas cela! Aussi fort que vous soyez, vous ne pouvez rien contre des balles! Tout le monde dans l'ombre. Eteignez les torches... Sortez du cercle de lumière des feux! Nous formons une trop belle cible! Vous surtout, Harry... Harry!

La main le retenait. Il ne bougeait pas. Pour la première fois de sa vie, il se sentait sans défense contre cette douce volonté de femme.

De longues minutes s'écoulèrent dans le silence. Harry Dickson n'entendait que la respiration de Minerva, serrée contre lui.

Il avait laissé fuir un criminel... Pourquoi?

Sa main triturait machinalement le métal du gobelet bosselé quand, tout à coup, il sentit un mince lingot de plomb sous ses doigts: la balle était restée incrustée dans l'aluminium.

Elle était grosse et non blindée: une balle de revolver de lourd calibre et d'un modèle déjà ancien.

— Ne feriez-vous pas mieux d'aller coucher à l'auberge? proposa-t-il, quand, après un temps très long, tout danger lui sembla écarté.

— Pourquoi ? Nous allons monter la garde, comme toutes les nuits d'ailleurs, répondit Lizzie. Nous avons deux carabines de chasse et Kate n'a jamais manqué une cible, que je sache.

Le charme de la soirée était pourtant rompu. Les torches furent rallumées et Kate chargea ses carabines avec des cartouches à chevrotines.

— L'ogre rôde, dit-elle, mais il ne recevra que du plomb à manger s'il se hasarde par ici. Croyez-vous qu'il le digère, monsieur Dickson ?

Cette bonne humeur se chargea de rendre les adieux plus joyeux. Les « Amazones » déclinèrent l'offre du détective de monter la garde avec elles.

Ne valaient-elles pas des hommes ?

Harry Dickson prit congé d'elles et s'éloigna.

Au loin, il vit qu'on éteignait les torches, qu'on piétinait les feux, mais que les photophores demeuraient allumés.

Allait-il laisser ainsi ces jeunes filles, livrées à elles-mêmes, dans cette forêt où rôdait un criminel tuant dans l'ombre ?

C'était mal connaître Harry Dickson.

Il résolut de veiller de loin sur leur repos.

Il contourna le bois, trouva un pli de terrain propice à l'établissement d'un poste de guet. Un appel serait aisément entendu de là, et il pourrait accourir sur-le-champ. Il se roula dans son manteau, trouva un endroit près d'un grand hêtre pourpre, richement pourvu de mousse, et s'y installa ; puis il alluma sa pipe, tout en masquant le brasillement du tabac.

La nuit était douce, les oiseaux de nuit partaient en chasse, zézayant de falots appels. Les étoiles brillaient par milliers en haut de la voûte bleue.

L'image de Minerva Campbell flottait devant Dickson, se mêlait aux choses alentour, à l'ombre, aux étoiles, aux senteurs lourdes et chaudes de la nuit.

Bientôt, cette image se fit plus précise que les formes et les ombres : le rêve devait s'être emparé de lui… Sa pipe s'était éteinte et restait coincée entre ses dents serrées…

Brusquement, il fut debout.

Il devait avoir dormi... c'était certain. Il avait encore des images de rêve devant les yeux, mais en fermant les paupières il avait vu la lune basse et rouge sur l'horizon, tandis qu'elle glissait maintenant, haute et claire, entre les branches du hêtre.

Pourquoi s'était-il éveillé?

Il avait eu la perception confuse d'un bruit net: un coup de feu.

Un braconnier nocturne, sans doute? Mais le détective savait que les braconniers étaient plutôt rares dans la région, et qu'ils auraient préféré s'attaquer au domaine des Foyle plutôt que de dépouiller une chasse du bon Tod Haigh.

Soudain, il entendit les cris.

Ils s'élevaient au loin, dans la nuit de la forêt. Ils étaient affreux: une longue plainte de rage et de souffrance.

Harry Dickson s'élança à travers les buissons, trouva un sentier, le suivit au galop, se dirigeant vers l'endroit d'où montaient les clameurs.

Puis une seconde détonation déchira le silence.

— Un coup de revolver! gronda Dickson, et il pensa aux jeunes filles.

L'image de Minerva était présente... Il fallait voler avant tout à son secours.

Il fit un crochet, se confiant à son sens de l'orientation.

Bien lui en prit: de lointaines lumières palpitèrent à travers la futaie, puis un bruit de voix lui parvint.

Sa course, froissant branches et rameaux, n'était pas silencieuse et déjà on devait l'avoir entendu.

— Qui vive?

C'était la voix de Kate Sonny: le détective la reconnaissait. En même temps, il perçut le bruit sec d'un fusil qu'on arme.

— C'est Dickson... Ne tirez pas!

— Ah!

Quelques instants après, il se trouvait dans le camp, au milieu des jeunes filles en pyjama, brandissant torches et photophores.

— Vous êtes là, monsieur Dickson... Dieu soit loué!

Avez-vous entendu ces affreuses clameurs ? Et les coups de feu ?

— Excusez-moi... J'ai monté la garde à l'orée de la forêt malgré votre défense. Mais pardonnez-moi surtout de m'être endormi...

Minerva se tenait debout contre l'une des tentes, elle était très pâle et ses regards ne quittaient pas le détective.

— Vous étiez là ? dit-elle à voix basse.

— Allons voir, proposa Harry Dickson. Venez toutes. Il ne faut pas que l'on se quitte. Prenez des torches, autant que vous pouvez. Mademoiselle Kate, préparez votre fusil et soyez prête à parer à toute éventualité.

Les brandons résineux jetèrent un vif éclat. Le détective empoigna un des photophores et, sous sa direction, tout le monde s'enfonça dans la forêt.

Une petite faune effarouchée s'enfuit à leur approche ; des oiseaux éveillés par la brusque lumière piaillaient peureusement dans la feuillée.

Harry Dickson hésitait. Tout était redevenu silencieux, et il lui était désormais difficile de repérer l'endroit d'où étaient montés les cris de détresse de tout à l'heure.

Des branchages cassés attirèrent enfin son attention ; une foulée d'herbes et de ronces indiquait un passage récent à travers les halliers.

Il crut tenir une piste et s'y engagea, suivi par la troupe des jeunes sportives.

La lumière de son photophore projetait devant lui un rond de clarté blanche, et soudain il vit la forme étendue.

Il reconnut un costume de velours côtelé, une large main crispée, et avec un cri il s'élança, découvrant un visage souillé de boue et de sang.

— Sharkey ! s'écria-t-il.

— L'homme que vous avez châtié hier soir, murmura Minerva Campbell.

Mais déjà, chez Dickson, le policier reprenait ses droits.

— Ne foulez pas ce terrain, mesdemoiselles, bien que je craigne que ces herbes n'aient gardé aucune trace de pas.

Il examina le cadavre.

— Il a reçu deux coups de feu, l'un, dans le côté, n'a pas dû le tuer, mais l'autre, en plein front, a décidé de son sort.

— Cette seconde blessure a dû provoquer une mort immédiate, opina Lizzie.

— En effet...

— Nous avons entendu deux coups de feu, assez espacés pourtant, continua le « capitaine ». Il a dû crier entre les deux balles reçues, celle qui le blessait seulement et l'autre qui mettait fin à sa vie.

— Une vilaine vie, si je ne me trompe, murmura Harry Dickson. Mais un crime est un crime, et nous devons tâcher de savoir, aussi peu intéressante que fût la victime. Oho !

Il avait poussé cette exclamation avec une certaine stupeur : le cou nu, les joues et le menton du mort portaient de longues traces livides.

— Il a été battu avant d'être tué ! déclara-t-il.

Après un second examen, il continua :

— Et battu avec une rage vigoureuse. Une baguette très flexible de coudrier, maniée par une main robuste a dû faire l'affaire.

— Le revolver est là ! s'écria soudain Minerva en ramassant une arme lourde et ancienne, un Lefaucheux de gros calibre à barillet.

— Oh ! mademoiselle Campbell, s'exclama Harry Dickson avec un accent de reproche, quelle imprudence ! Vous n'auriez pas dû saisir cette arme à pleine main comme vous venez de le faire. C'est une façon parfaite pour brouiller les empreintes digitales sur la crosse... car Dieu sait si l'arme n'est pas celle du crime !

» Trois cartouches brûlées, continua-t-il après avoir regardé le revolver.

— On n'a entendu que deux coups de feu, dit Kate.

— Trois ! répondit le détective.

— Vraiment ?... Mais nous...

— Et celui tiré dans la soirée, qui nous était certainement destiné, l'oubliez-vous ?... C'est bien cela, ce sont les mêmes balles... Ah ! le gredin avait l'habitude d'entailler le plomb de ses projectiles, pour rendre les blessures plus terribles. Mais, ce faisant, il a signé sa tentative de meurtre sur l'un de nous.

— Alors, l'inconnu qui lui a réglé son compte n'a fait que le punir, dit nettement Lizzie.

— Cela n'est pas un spectacle pour jeunes filles, déclara le détective. Ne feriez-vous pas mieux de vous retirer, mesdemoiselles?

— Nous ne sommes pas des petites oies peureuses, répliqua Kate, vexée. Je suis presque contente de voir cet homme mort et non vivant.

— Regagnez votre camp, conseilla Harry Dickson. J'enverrai immédiatement des hommes avec une civière pour emporter ce corps...

Les jeunes filles obéirent. Le détective se pencha une dernière fois sur le cadavre. Il venait de distinguer un mince cordon lui entourant le cou.

Un petit sachet de toile bise y était attaché. Dickson l'arracha d'un coup sec et le glissa dans sa poche.

Le groupe des Amazones s'étant retiré sous les tentes, Harry Dickson regagna l'auberge en courant.

Quelques minutes plus tard, les domestiques de Tod Haigh gagnaient la forêt pour enlever le macabre fardeau.

Resté seul dans sa chambre, le détective dénoua lentement les cordons du sachet de toile: un portrait en tomba.

— Bien, murmura Harry Dickson, cela ne m'étonne pas trop, au contraire...

Il regarda avec quelque mépris un visage maussade qui avait essayé de sourire devant l'objectif.

— Lady Lavinia!

Le détective se mit à réfléchir, les mains contre les tempes.

Le drame de la solitude se précisait. Souvent, dans sa carrière, Harry Dickson s'était trouvé confronté à des crimes dans un contexte marqué par l'isolement des acteurs, la pénible atmosphère de lieux sans joie.

Sharkey, Lambeth, Lady Lavinia Foyle...

Une brute et un faible, une femme hautaine et méchante, aux passions dissimulées. Sir Roger, un fou alcoolique ; Charles Foyle, triste rejeton d'une race décrépite...

Le film sanguinaire se déroulait devant les yeux du vengeur.

Sharkey jaloux, Lambeth soumis aux bas caprices de la lady...

Tout cela se présentait en gros plan, en images sans liaisons, pour Harry Dickson qui était leur unique spectateur.

— Quand je parviendrai à les lier entre elles, ces images, murmura le détective, la piste du crime se dessinera sans doute. Mais il n'y a pas que ce crime-là... Il y en a d'autres. Quelle relation peut-il exister entre ces différents forfaits ? En existe-t-il seulement une ?

Pensées confuses, lourdes déjà de certitudes prochaines.

Machinalement, il jouait avec le sachet éventré. Il se rendit compte qu'il n'était pas vide.

Harry Dickson le secoua sur la table ; quelque chose en tomba.

Les yeux du détective s'assombrirent, son front se plissa, ses mains eurent un tremblement convulsif, sa bouche une contraction singulière.

— Non, non, ce n'est guère possible...

Il restait hypnotisé par la chose, ne pouvant en détacher ses regards.

Brusquement il se leva, prit l'objet et le serra dans son portefeuille ; puis, de quelques sonores coups de poing sur la cloison, il réveilla Tom Wills dans la chambre voisine. Un bruit de pieds nus sur le plancher et l'élève parut, les yeux lourds de sommeil.

— Habillez-vous, ordonna Harry Dickson. Ne perdez pas une minute. Prenez votre moto et filez à toute allure vers la halte de Glen-Loch. L'express Edimbourg-Londres s'y arrête à l'aube pendant une minute, pour le courrier... Il ne prend pas de voyageurs, mais votre insigne de police lèvera toutes les difficultés qu'on pourrait susciter.

» Dans douze heures vous serez à Londres...

Harry Dickson griffonna à la hâte des notes sur une feuille de son carnet de route et la tendit à son élève.

— Voici les renseignements que vous aurez à me fournir dans le plus bref délai. Je le répète : dans le plus bref délai. Ne ménagez ni le téléphone, ni le télégraphe, ni l'auto. Deux fois par jour, le matin et le soir, il y aura un courrier spécial qui attendra à la halte de Glen-Loch et qui m'apportera sur-le-champ de vos nouvelles. Filez ! Et, par tous les diables, remuez ciel et terre, mon petit !

Jamais le jeune homme n'avait vu son maître dans un pareil état d'exaltation.

Cinq minutes plus tard, le détective entendait la pétarade du moteur, puis le staccato d'une moto qui s'éloignait à une vitesse prodigieuse sur la route déserte.

Il avait repris sa position première : les mains sur les tempes, les yeux perdus au loin, et il ne bougea plus.

4. Deux hommes morts

Le premier courrier venait d'arriver.

Il n'apportait au détective qu'une note brève : *Archibald Lambeth, inconnu à Tottenham Court, 155b, ainsi que dans le voisinage.*

Elle portait cette annotation de la police : *Le Dr Lambeth n'a jamais quitté Leith. Il était attaché au service de la Justice. Homme d'honneur. Avons de la peine à le suspecter en quoi que ce soit.*

Harry Dickson eut un sourire amer.

— Comme si j'en doutais une seule minute... Pauvre diable !

Il était triste et las.

Ce fut la joyeuse Maddy qui vint chercher du lait à l'auberge, et rien sur son visage mutin ne reflétait les émotions de la nuit.

— Hâtez-vous de faire la lumière dans les ténèbres, monsieur Dickson, dit-elle avec une pointe d'ironie. L'automne arrive à grands pas. Il y avait de la brume ce matin, et au lieu de se laisser pomper par le soleil, comme il se doit, elle se condense en un vilain brouillard. Bientôt, il ne fera plus beau dans la forêt et nous devrons retourner à Londres, pour tout un hiver. Hâtez-vous, grand homme, que l'on puisse être témoins de votre victoire !

Il sourit tristement.

— Miss Lizzie va bien, et Miss Jessie, et Miss Minerva ?

Maddy éclata d'un joli rire clair.

— Et Kate, et Dora ? Ne faites donc pas de jalouses, bourreau des cœurs que vous êtes ! Fi, vous devriez être honteux, à votre âge ! Tout le monde raffole de vous au camp. Je me demande qui vous épouserez à la fin de l'aventure, qui de nous, cela va sans dire. Le club des « Amazones » a des droits sur vous.

» A propos, Minerva vous envoie son plus gracieux souvenir.

Maddy partit sans cesser de rire et le détective la suivit longtemps du regard, jusqu'à ce qu'elle ne fût plus qu'une silhouette indécise dans le brouillard.

Tout le décor avait changé depuis la nuit. Le ciel était bourré d'une ouate neigeuse, où ne se distinguaient plus que des fantômes d'arbres.

Les bruits eux-mêmes étaient atténués, feutrés, assourdis.

Dans une grange proche, des fléaux primitifs s'acharnaient sur des gerbes fraîchement nouées ; des volailles, qu'on assassinait pour le repas du midi, poussaient des cris lamentables ; un chien de garde tirait sur sa laisse et aboyait sourdement devant cette fumée blanche qui l'inquiétait.

Il faisait frisquet dans l'auberge. Tod Haigh glissait comme une âme en peine entre les tables vides.

— Encore un crime, soupirait-il. Quel pays, mon Dieu !... Et dire que, jadis, on n'y parlait même pas d'un vol de poule...

C'était une invite, mais Harry Dickson ne répondit pas.

Dans un coin, le vieux Peter Dell classait de parcimonieuses esquisses, enroulait à regret des lignes de pêche, démontait des cannes. Il pliait bagage ; il s'en allait...

Harry Dickson appréhenda la solitude.

Des départs! Des départs et des adieux! Il resterait seul face au crime, tout à son œuvre de recherche et de vengeance, et jamais elle ne lui avait semblé aussi pénible.

— Vous irez probablement au château, demanda à la fin l'aubergiste, à qui le silence commençait à peser, rapport au meurtre de cette nuit?

Harry Dickson se secoua, comme au sortir d'un rêve.

— C'est juste, je vais au château.

Il s'enfonça dans le brouillard aux mille senteurs humides et prit la route qui longeait les bois, mais il ne les traversa pas.

En approchant des arbres, il entendit les voix argentines des jeunes campeuses.

Dora et Maddy chantaient d'une petite voix acide une chanson américaine : *Down Home in Tennessee...*

C'était mièvre et mélancolique à la fois. Le détective s'arrêta pour les écouter, tandis qu'elles reprenaient le refrain en duo.

Tout à coup, elles se turent et une autre voix monta, grave, superbe, un peu masculine :

— *Ich grolle nicht... und wenn das Herz auch bricht...*

Harry Dickson traduisit : « Je ne me plains pas, bien que mon cœur se brise... » C'était une mélodie de Schubert.

Il reconnut la voix chaude qui chantait, avec un sentiment profond des choses, ces paroles d'une tristesse infinie.

C'était la voix de Minerva...

D'un brusque quart de tour, il pivota sur les talons et, comme s'il eût voulu fuir la magie de cette voix, de cette atmosphère, il s'éloigna à grands pas.

Les bois étaient loin; sous les pas du détective le chemin devenait escarpé : il s'engageait dans la région des collines, s'approchait du manoir des Foyle. Dans le brouillard, un chien invisible aboyait.

Harry Dickson remarqua que cet aboi paraissait le suivre avec quelque obstination. Il fit halte et regarda du côté d'où l'appel semblait venir, mais le brouillard masquait les plus proches perspectives.

— Ami ! Ami ! appela doucement Dickson.

Le bruit cessa, puis reprit, plus proche.

— Ami ! Viens ici ! répéta le détective.

Une forme souple bondit tout à coup, et un vieux dogue édenté vint se coucher aux pieds du promeneur.

— Mais nous sommes de vieilles connaissances ! s'écria Harry Dickson. Bonjour, vieux frère ! Je crois que tu t'appelles Clown... C'est un nom bien amusant pour un farouche gaillard comme toi. Salut, Clown !

Le chien poussa un jappement joyeux et se mit à tourner autour de son ami.

C'était le dogue de l'infortuné Bill, le berger, mystérieusement assassiné après qu'il eut découvert le cadavre du jeune Charles Foyle.

L'animal s'était refusé d'adopter un autre maître après la mort du sien, et il vagabondait dans les bois, vivant de maraude et de braconnage, sans doute.

Aujourd'hui, il ne paraissait guère sauvage, et semblait tout disposé à accompagner Harry Dickson dans sa promenade matinale.

« Pourquoi pas ? se demanda celui-ci. Dieu sait si Clown ne pourrait pas m'être utile, aujourd'hui ? »

— Viens, mon petit !

L'intelligente bête, qui semblait l'avoir compris, se mit à trotter à ses côtés, lui jetant des regards affectueux.

Brusquement, à un tournant de la route, elle tomba en arrêt et poussa un sourd grognement de colère, ses yeux ardents fixés droit devant elle.

A travers le brouillard, Harry Dickson aperçut la forme confuse du château, perché sur les hauteurs.

— Allons bon, tu n'aimes pas l'endroit, mon petit, murmura le détective. Moi non plus d'ailleurs, et je crois que nous finirons par nous entendre.

Il gravit le chemin montant et sonna à la grande porte du manoir.

Clown suivait, tête basse, l'air grognon.

Ce fut Toodle qui vint ouvrir, l'air défait.

— Encore un mort, sir, furent ses paroles d'accueil. Ce n'est pas que Mr. Sharkey fût un homme bien agréable, mais un homme est un homme et un crime est un crime. Milady est dans un état épouvantable. Elle nous a déjà dit les pires sottises. Rien n'est bon aujourd'hui, on tremble à l'office, et on ne sait où donner de la tête !

— Pourrais-je la voir ?

Toodle secoua la tête d'un air de doute.

— Elle s'est enfermée dans sa chambre et en a défendu l'accès à quiconque, même aux gens de la police, a-t-elle ajouté. Quant à Sir Roger...

Le geste du vieil homme était pour le moins éloquent.

Profitant de l'absence de sa sœur, l'ivrogne s'était adonné, avec une louable frénésie, à son penchant favori. Il devait à cette heure être plein comme un muid.

— Tant pis, répondit le détective. Je désirerais me promener un peu autour du château, si vous n'y voyez pas d'inconvénient, Toodle. Je ne ferai pas de bruit, et milady ne saura rien de ma venue. Faites en sorte que les domestiques ne quittent pas l'office.

— Ce ne sera pas difficile, car personne n'en manifeste la moindre envie, sir.

Il remarqua Clown, sur les talons du détective.

— Ce chien, sir ?

— Il est avec moi.

— Très bien, sir, conclut le vieux serviteur en se dirigeant vers les lointaines cuisines.

Harry Dickson resta seul.

Il retrouva aisément l'escalier de service et s'y engagea, puis il gagna la chambre du Dr Lambeth.

Il remarqua qu'on y avait fait le ménage : le cendrier était net et propre, et il n'y avait plus de pipes au râtelier.

— Parfait, grommela-t-il. Heureusement, on s'y est pris un peu tard.

Clown furetait dans les coins. Soudain, il grogna devant la cheminée.

Harry Dickson, intéressé, l'observait.

— Cherche, Clown, cherche bien !

L'animal lui jeta un regard de compréhension ; il se

dressa sur ses pattes de derrière, pointa le mufle vers un endroit situé au-dessus du poêle en fonte et poussa un jappement plaintif.

Harry Dickson s'approcha. Clown ne bougeait plus, le museau tendu vers une haute dalle. Le détective avança la main, rencontra une brèche dans la pierre, sentit une étoffe coincée dans la fente et la tira à lui.

C'était un mouchoir souillé de suie et de poussière. Un monogramme brodé en ornait un des coins : A.L.

— Archibald Lambeth ! s'exclama-t-il.

L'étoffe durcie crissait sous sa main. Il l'examina avec plus d'attention : elle était largement poissée de sang noirci.

Harry Dickson eut un frisson.

— Et pourtant je devais m'y attendre, murmura-t-il. L'éternelle logique des choses. Pauvre Lambeth !

Clown flairait le mouchoir lui aussi, inquiet et nerveux.

Le détective eut une inspiration :

— Cherche, Clown ! Cherche, bon chien ! dit-il en lui mettant le carré de tissu sous le nez.

La bête grogna de nouveau, avec une sorte de colère attristée. Il prit le mouchoir entre ses rares dents jaunies, le secoua, le laissa retomber et, soudain, sortit de la chambre et se mit à descendre l'escalier.

Il avançait sans l'ombre d'une hésitation. Harry Dickson, confiant dans le flair merveilleux des dogues auxquels on arrivait à grand-peine à faire accepter le rôle de chien de berger, le laissait faire et suivait.

Clown traversa le hall comme une flèche, renifla, prit l'air, hésita, et, enfin, avec un gémissement, s'engagea dans le couloir obscur qui menait vers les sous-sols.

Harry Dickson sentit un événement proche, car quelque chose dans l'allure de la bête lui faisait comprendre qu'elle venait de se lancer sur la piste du sang, chose familière à ces vieux dogues intelligents.

Les caves, hautes et sombres, étaient éclairées par des soupiraux tapissés de toiles d'araignées, feutrés de poussières séculaires. Clown n'hésitait plus guère. Tout son corps tremblait. Il semblait manifester quelque impatience à l'égard de son compagnon, qu'il devait accuser de lenteur.

Les caves s'étant soudain obscurcies, Harry Dickson dut avoir recours à sa lampe électrique.

A la suite du chien, il parcourait un dédale de couloirs et de cryptes, où stagnait une odeur rance et moisie; d'énormes limaces argentaient les dalles de leurs visqueux passages, des cloportes géants grouillaient dans les moindres fentes.

D'un coup de dents furieux, Clown cassa les reins à un rat trop téméraire qui s'était hasardé dans le rayon de la lampe.

Puis le chien tomba en arrêt devant un petit tertre de terre meuble, qui semblait avoir été remuée de fraîche date.

Rageusement, le dogue s'était mis à creuser le sol, faisant voler des mottes et du gravier.

Harry Dickson regarda autour de lui: une pelle de jardinier était là, abandonnée à quelques pas du tertre.

— Je vais te donner un coup de main, mon vieux!

La terre s'enlevait avec facilité; au bout de quelques minutes, le détective avait creusé une fosse de deux pieds de profondeur; sa bêche toucha un corps mou... Clown gronda avec fureur et recula.

Une odeur caractéristique monta; la pelle rapporta une masse blanchâtre...

— De la chaux vive! murmura Harry Dickson avec horreur.

Ensuite, ce fut la vision d'épouvante.

Un corps, aux chairs déjà fortement entamées par la matière corrosive, venait d'apparaître.

— Pauvre, pauvre Lambeth! murmura le détective, mais... c'était dans la logique des choses, l'éternelle logique des choses! Comme ce leitmotiv revient, et comme il reviendra encore dans cette histoire!

Faisant taire la voix de la pitié, surmontant son dégoût devant cette chair mutilée, il commença l'examen d'usage.

Le corps était étendu de tout son long, un des bras replié sous le dos, ce qui permit au détective de le retour-

48

ner aisément sur le côté. Les vêtements, souillés de sable et de chaux, montrèrent une énorme tache sombre. La blessure était là, dans le dos, sous l'omoplate gauche.

— Un coup de poignard, constata Dickson, et le bandit qui a fait le coup n'a pas cané à la besogne. Il y est allé de toutes ses forces : le cœur doit avoir été atteint profondément.

Harry Dickson reprit son lugubre travail. Il écarta la chaux vive, qu'il dissimula sous un peu de terre meuble, et il recouvrit le corps uniquement avec du sable. L'instant d'agir n'était pas encore venu. Momentanément, il tiendrait pour lui la macabre découverte.

Suivi de Clown, il remonta vers le hall, brossa le sable qui souillait ses habits, laissa couler un jet d'eau sur ses mains à la fontaine des toilettes, et il s'apprêtait à sortir quand un bruit confus de sanglots lui parvint.

Cela venait de l'étage. Sur la pointe des pieds, il gravit le grand escalier, s'approcha d'une large porte armoriée.

— Archie ! Oh ! Archie !

Lady Lavinia ne pleurait pas son intendant Sharkey, mais le Dr Lambeth…

La nuit est venue.

Une nuit plus claire que le jour, parce que le brouillard s'est fondu lentement. Des étoiles sont apparues dans le ciel, qui reste toutefois un peu brouillé.

Un vent âpre s'est levé, qui gémit dans les arbres.

Sous la tente aux murs de toile, les campeuses doivent avoir froid.

Il fait sombre sous le bois ; il n'y a ni torches ni feux.

Harry Dickson est étendu sur son lit, tout habillé. Le sommeil fuit ses paupières. Il ne pourrait dormir d'ailleurs, car ses idées forment un chaos turbulent. Il aimerait pouvoir réfléchir, arriver à des conclusions au terme de déductions ingénieuses. Son esprit s'y refuse obstinément.

Il a voulu lire : les lettres grouillaient comme des mouches sur les pages.

Allons Dickson, haut les cœurs ! Le détective boude-t-il l'ouvrage ?

Non, mais il ne dispose pas de ses moyens d'action et

de décision ordinaires. Il sent la terrible influence de l'atmosphère, comme dans d'autres affaires qui avaient eu la solitude pour cadre.

Aujourd'hui, il y a autre chose pourtant. Sa pensée retourne vers le camp, il ne sait pourquoi, ou plutôt il ne veut pas le savoir.

Pour la première fois de sa vie, il regrette d'être Harry Dickson, son métier lui pèse, sa grande mission lui paraît moins sacrée.

Il entrevoit les délices d'un paradis perdu, il vit à l'orée d'un rêve qui ne pourra jamais être le sien.

Un home, de la tendresse… de la tendresse, un home… images hallucinantes.

Baker Street, où il y aurait autre chose que l'affection grognonne de Mrs. Crown, le dévouement de Tom Wills, les bavardages de Goodfield, les sonneries du téléphone et les confessions des gens en détresse.

Minerva Campbell doit dormir à cette heure.

Le visage du détective se contracte, son passé remonte vers lui, comme un mascaret impitoyable. La silhouette fine et racée et le visage singulier de Georgette Cuvelier sont là, devant lui. Elle grimace, un filet de sang à la tempe. Elle est, dans la vie de Harry Dickson, une énigme éternelle.

Les cheveux de Minerva Campbell sont d'un noir de jais.

Ses cheveux… il les hait, tout à coup. Il lui semble qu'ils sont faits de ténèbres, lourdes comme celles des crimes qui peuplent sa mémoire, qui l'entourent à l'heure actuelle.

— Et puis, en voilà assez !

Il jette le livre au loin, souffle la lampe et reste les yeux grands ouverts dans l'obscurité profonde, dans le silence que le murmure têtu des arbres ne trouble même plus.

Mais quoi ? Un autre bruit vient de s'élever au loin. Une cadence régulière, des chocs clairs sur le gravier de la route : le galop d'un cheval dont on force l'allure.

— Ohé, Tod Haigh ! ouvrez donc ! cria une voix cassée.

50

Harry Dickson la reconnut : c'était celle du vieux Toodle.

D'un bond, il fut à la fenêtre et l'ouvrit toute grande.

— C'est vous, Toodle ? Qu'est-il arrivé ?

— Le diable le sait, sir ! Le malheur est sur le château ! Venez vite !

Le détective se hâta de descendre dans la salle de l'auberge où Tod Haigh, à moitié vêtu, venait de le précéder et faisait entrer le valet.

Toodle était blême et tremblait de tous ses membres, bien que la sueur lui dégoulinât sur le front et les joues.

— Sir Roger... ah ! mon Dieu...

— Eh bien ! que lui est-il arrivé ? s'impatienta Harry Dickson.

— Il est mort, sir ! Assassiné !

Harry Dickson crispa les mains sur le dossier d'une chaise.

— Versez-lui un verre de brandy, Haigh, ordonna-t-il.

Le vieil homme avala le réconfortant breuvage avec délices ; un peu de couleur lui revint aux joues.

— Ses nuits étaient terribles, sir, raconte-t-il. Il hurlait souvent comme un possédé, prétendant voir des fantômes et se plaignant que des fourmis de feu le mangeaient vivant. Trois ou quatre fois la nuit, je devais me lever, le faire sortir de son lit et l'asseoir dans sa chaise à la fenêtre, devant une bouteille de whisky. Une heure après, je venais le recoucher... Chaque fois, la bouteille était vide.

» Quand je suis venu tout à l'heure pour le remettre au lit, il était immobile dans sa chaise ; le verre qu'il allait porter à la bouche était tombé en morceaux à ses pieds. Il était mort, d'une balle en plein front.

— Avez-vous entendu une détonation ? demanda le détective.

— Non, sir... mais le coup a dû être tiré de loin : il y avait un trou rond dans la vitre.

— Allumiez-vous de la lumière quand vous l'installiez dans son fauteuil ?

— Je posais une bougie allumée devant lui, sir.

— Cible parfaite, grommela Harry Dickson.

— Venez-vous, sir ? demanda Toodle, milady vous réclame d'urgence...

— J'y vais... Sellez-moi un cheval, Haigh !

Ils partirent, leurs montures trottant l'amble, car celle de Toodle était passablement fatiguée.

Arrivé près du bois, Harry Dickson arrêta son cheval.

Il voyait luire faiblement les clartés des photophores dans les tentes.

— Hep ! Hello ! Mesdemoiselles !

Un remue-ménage se fit à l'orée du bois ; les photophores changèrent de place, des ombres blanches parurent sous les arbres.

— Qui vive ! cria la voix de Kate Sonny.

— Harry Dickson !

— Ah bon ! Quel être mal élevé vous faites ! Venir surprendre d'innocentes jeunes filles pendant leur sommeil, reprocha Lizzie, le « capitaine ».

— C'est grave, écoutez donc !

Les six silhouettes se précisèrent et, bientôt, entourèrent les cavaliers.

— On vous écoute, beau ténébreux !

— Sir Roger Foyle vient d'être assassiné.

Une stupeur muette accueillit la sinistre nouvelle.

— Ce n'est plus bien gai par ici, murmura la blonde Maddy.

— Je craignais pour vous, mesdemoiselles, mais je vous trouve au grand complet... saines et sauves.

— Comme si nous étions capables de découcher, à notre âge ! Fi le vilain ! clama Dora.

— Ecoutez donc, grand homme, dit Lizzie. Je ne suis pas détective, mais pour autant que je m'y retrouve dans cette histoire, William Sharkey a été tué, et il aurait fourni un assassin très convenable ; Charles Foyle aussi. Au pis aller, cet horrible gamin eût pu faire un meurtrier. Le Dr Lambeth...

— Non ! fit sourdement Harry Dickson.

— Si nous procédons par élimination, il ne vous reste plus grand-chose, monsieur Dickson, sinon le club des

«Amazones». Faites votre choix, non pour épouser l'une d'entre elles, mais pour lui mettre les menottes et l'emmener pendre.

Harry Dickson ne répondit pas. Minerva s'était glissée doucement à ses côtés et caressait le col de sa monture.

— Vous vous fatiguez horriblement, monsieur Dickson, dit-elle à voix basse.

— C'est mon métier, mademoiselle, répondit le détective à mi-voix.

— Un terrible métier. Vous ne pourriez donc pas être un homme comme les autres ?

— Qui connaît le bonheur ? souffla le détective.

— Oui, dit-elle si bas que lui seul entendit.

Harry Dickson frissonna d'entendre cette magnifique voix chaude, de voir la jeune fille si près de lui, dans son pyjama de soie noire qui moulait des formes merveilleuses. Sa poitrine se soulevait comme en un douloureux effort.

— Jamais, Minerva... Jamais... Entendez-vous ?... Bonne nuit !

Il cingla la croupe de son cheval, et Toodle eut de la peine à le suivre.

Avec un peu de brusquerie, le détective écarta Lady Lavinia, trépidante et hors d'elle, agitant ses grands bras noueux comme des fléaux.

— Vous êtes des incapables, des gens qui volez l'argent du gouvernement !... On vous paie bien ! Et pour quoi faire ? Tas de propres à rien. Mon neveu, mon frère, mon intendant assassinés ! Les bandits ne se contentent donc plus de la racaille pour proie ? Ils tuent les nobles ! A quand mon tour ?

» J'ai des amis à Londres ; je ferai en sorte qu'ils vous donnent bientôt de mes nouvelles, monsieur de la police !

Harry Dickson ne prit pas la peine de répondre.

— Allez dans votre chambre, je vous ferai appeler, si je le juge utile, milady. Quant à vous, Toodle, menez-moi à la chambre de Sir Roger...

Le récit du vieux serviteur avait été complet. Harry Dickson n'y put ajouter qu'une seule constatation : le châtelain avait été tué par une balle de fusil de guerre tirée à grande distance.

Quand Lady Lavinia reparut devant lui, sur son invitation, il ne lui laissa pas le temps de se répandre de nouveau en folles diatribes.

— Nous sommes devant des crimes commis en série, milady, dit-il d'une voix sèche. Après avoir choisi comme victimes des passants attardés et des nomades, les assassins semblent vouloir se tourner obstinément contre les gens du château. Si j'ai un conseil à vous donner, quittez-le. Allez à Edimbourg ou à Londres...

— Moi, céder la place à des criminels ? Jamais, entendez-vous ?

— Soit... Je vous aurai prévenue. Je ne puis naturellement pas vous forcer à suivre un conseil qui me paraît sage.

» Maintenant, milady, décidez du cours des choses. Jusqu'ici, je n'ai fait intervenir aucune autre force policière, des instructions spéciales ayant été données en haut lieu. Mais la loi exige que le coroner instrumente, qu'un jury d'usage soit formé... Je veux l'observer...

Elle le regarda avec mépris.

— Je tiens à ce que vous suiviez les instructions qui vous ont été données, selon mon désir. Le jury peut attendre, car je n'ai que faire de l'opinion d'une douzaine de fermiers ignares, qui viendront salir mes tapis.

»Trouvez les coupables. C'est tout ce qu'il vous reste à faire.

— Soit, répondit Harry Dickson. Puisque j'y suis autorisé, je continuerai à tenir ces formalités en suspens. Je vous demande encore trois jours, milady.

— Et vous aurez trouvé ? glapit-elle avec un ricanement injurieux.

— J'aurai trouvé, je vous le promets !

Il s'éloigna au galop de son cheval.

Sur la route, un fanal, brandi au bout d'un poing, l'arrêta.

C'était Lizzie Dale.

— Nous voulons vous offrir un peu de whisky. Descendez... Nous avons besoin de vous sentir parmi nous.

Il obéit, content de trouver ces visages insouciants et rieurs après tant de laideur et d'épouvante.

Minerva lui apporta un gobelet d'alcool.

On ne parla plus du crime de la nuit, ni des autres, comme par une entente tacite. Harry Dickson fut invité à raconter ses voyages.

A dessein il resta longtemps, se sentant non seulement le besoin de protéger les campeuses, mais de se détendre l'esprit.

— Les beaux voyages, murmura Minerva... Un beau voyage... un seul...

Elle avait posé la main sur celle du détective, et il ne la retira pas ; ses compagnes les considéraient avec un sourire où passait quelque chose d'indéfinissablement grave, de triste, de lointain...

5. L'ogre revient

— Milady me charge de vous dire qu'elle s'excuse auprès de vous. Ces drames successifs lui ont mis les nerfs à vif. Elle ne voudrait pas que vous preniez ses emportements pour un signe de mauvaise éducation, sir.

Toodle s'inclina, heureux d'avoir accompli sa mission.

— Merci, Toodle, répondit Harry Dickson en lui tendant la main. Veuillez rassurer milady, et dites-lui qu'elle ne me doit pas d'excuses. Je lui suis même reconnaissant de vous avoir envoyé vers moi. Voulez-vous prendre un peu de brandy, histoire de vous mettre du cœur au ventre ?

Le vieil homme accepta avec empressement.

— J'aimerais vous demander une ou deux choses, mon ami, continua le détective. Vous m'avez dit que trois ou quatre fois par nuit, vous étiez aux côtés de Sir Roger, qui souffrait de pénibles crises nocturnes. Il faisait de vilains rêves, disait-il. Naturellement, il ne vous en confiait pas la nature...

Toodle branla du chef.

— En effet, sir, mais je l'ai souvent entendu crier pendant ses cauchemars, et il était toujours question de navires qui coulaient, de Deen-Tower...

— Deen-Tower ?... murmura Harry Dickson. Ce nom ne m'est pas inconnu.

Toodle accepta un second verre et sa langue se délia davantage.

— C'est un bien vilain endroit, sir, aux confins du North-Minch. Un manoir qui fait face à cette méchante mer. Il appartenait au père de Lady Foyle, non pas Lady Lavinia, mais Lady Catherina, l'épouse de Sir Roger et la mère de Charles. C'était une Hogall... Une bien noble famille...

» Sir Roger a habité ce château désolé pendant les premières années de son mariage, et Charles y est né. Ce n'est qu'après la mort de sa femme qu'il est revenu au manoir des Foyle, à Glen-Loch, où vivait Lady Lavinia, sa sœur, que vous connaissez.

Harry Dickson ne bougeait pas. Son visage était de marbre. Pourtant, une étrange tempête sévissait dans son esprit.

Magie des noms ! Le vieil Hogall était bien un des plus sinistres hobereaux que l'Ecosse eût jamais connus ! De confuses histoires, plus honteuses les unes que les autres circulaient sur son compte, mais elles ne revenaient pas pour l'heure dans la mémoire du détective.

— Deen-Tower, murmura-t-il. Qu'est-il arrivé à Deen-Tower ?

Il n'en dit pas plus long, et Toodle ne vit pas la flamme de son regard.

Dickson se leva et prit congé du domestique.

— Dites à votre maîtresse que l'enquête continue, Toodle, et rappelez-lui que j'ai demandé trois jours encore, pas un de plus ! Au revoir, mon brave... J'ai beaucoup à faire maintenant !

56

Beaucoup à faire ?... Vraiment, on ne l'aurait pas dit...

Il ne prit pas la peine de rédiger un rapport sur le meurtre de la veille, ni de retourner au château pour un supplément d'enquête.

«Laissons les morts pour aujourd'hui, se disait-il. Je veux voir des vivants !»

Il gagna la porte, comptant se rendre tout droit au camp des Amazones.

Un jappement joyeux l'accueillit dès qu'il parut sur le seuil des «Armes des Duncan»; Clown lui sauta contre les jambes.

— J'espère, bon vieux chien, que nous n'aurons pas de morts à rechercher aujourd'hui, fit le détective en donnant une tape amicale sur la grosse tête du dogue. Je veux te présenter à une plus belle compagnie.

Il fronça les sourcils d'un air préoccupé en arrivant aux abords du campement forestier : aucune chanson ne montait dans l'air pur du matin, aucun babil n'égayait la solitude ; un feu mal allumé mourait sous la cendre, devant une des tentes soigneusement close.

— Allô ! Personne n'est donc à la maison? s'écria-t-il en s'avançant au milieu de la petite clairière.

Mais si, elles y étaient... Harry Dickson vit cependant que quelque chose avait changé. Les frais et avenants visages demeuraient fermés, aucun sourire ne se dessinait sur leurs lèvres. Les yeux noirs de Kate étaient sombres comme la nuit, et le détective remarqua qu'elle portait sa carabine de chasse en bandoulière. Il reconnut à peine les figures souriantes de Jessie, de Dora, de Maddy, toutes également crispées.

— Voyons, que vous arrive-t-il, mesdemoiselles? demanda-t-il avec étonnement. Est-ce que, par hasard, l'ogre serait revenu ?

Il plaisantait, sans doute, mais aucun sourire ne répondit à sa bonne humeur.

— Oui, dit brusquement le «capitaine», l'ogre est revenu.

Harry Dickson poussa un cri, et il se rendit alors compte que Minerva Campbell n'était pas là et que les visages des autres Amazones reflétaient l'angoisse.

— Minerva ! s'écria-t-il d'une voix étouffée.

Lizzie lui indiqua la tente fermée.

— Elle est là !

Il ne fit qu'un bond, faillit arracher la toile de ses piquets.

Minerva était là, assise sur le bord d'un lit de camp, très pâle. Un linge blanc entourait son cou et un peu de sang y perlait.

— Minerva ! supplia-t-il. Vous êtes blessée ! Que vous est-il arrivé ?

Elle leva ses yeux profonds vers lui et essaya de sourire.

Ce fut un pauvre rictus empreint de souffrance qui plissa sa bouche.

— Ce n'est rien, monsieur Dickson... Un bobo... Cela passera.

— Je veux savoir, dit-il impérieusement.

Elle le regarda de ce regard grave qu'il connaissait si bien.

— C'est juste, vous en avez le droit. Eh bien ! *il* m'a attaquée...

— Il ? Qui est ce « *il* » ?

— Je ne sais pas !

— Voyons, commençons par le début. Que vous est-il arrivé au juste ?

Elle se recueillit un instant et soupira.

— A cent pas d'ici, dans le bois, il y a une source. Chaque matin, l'une d'entre nous est de corvée d'eau. C'était mon tour aujourd'hui...

» J'avais mal dormi... Rappelez-vous que nous avons bavardé longtemps hier soir, et après votre départ je suis restée éveillée très longtemps. Je me remémorais vos voyages, vos aventures. C'est vous, Harry Dickson, qui me teniez éveillée, et même quand j'eus fermé les yeux, des rêves tumultueux, où vous aviez un rôle, m'interdisaient le repos.

» Ce matin, dès les premières lueurs de l'aube, j'ai pris les seaux de toile et suis allée à la source.

» Je me penchais sur l'eau quand, soudain, je fus attaquée, frappée.

» Je sentis une vive douleur à la gorge, mais je me rele-
vai quand même : il n'y avait plus personne près de
moi.

Elle se tut et baissa les yeux ; Harry Dickson restait
comme hypnotisé par la petite tache de sang sur le linge
blanc.

— Vous avez été frappée à la gorge, et non au cou,
Minerva, dit-il doucement. Comment se fait-il, alors, que
vous n'ayez pas reconnu votre agresseur, puisqu'il vous
frappait de face ?

Une vive rougeur envahit les joues hâlées de la jeune
fille.

— Je n'ai plus rien à vous dire à ce sujet, murmura-
t-elle d'une voix lasse.

Le détective se leva et la regarda d'un air de reproche.

— Vous n'avez donc pas confiance en moi ? demanda-
t-il.

Elle poussa un cri de douloureuse surprise.

— Moi ! Oh, Harry ! Que venez-vous de dire là ! Vous
m'avez fait horriblement mal ! Mal... très mal...

Sa main se crispait sur son cœur.

Le détective l'observait avec un peu de tristesse, puis il
se souvint qu'elle l'avait appelé Harry tout court. Lui,
Dickson, l'appelait souvent par son prénom, mais n'était-
il pas « un vieux monsieur » qui en avait le droit ?

— Resterez-vous encore longtemps dans le pays ? demanda-t-il en donnant à dessein un autre tour à la
conversation. Le temps s'est soudainement rafraîchi
depuis deux jours.

— Demain, après-demain au plus tard, nous plions
bagages, répondit-elle sans lever les yeux, qu'elle tenait
obstinément fixés sur le sol.

— Il se peut, dit-il lentement, que moi aussi je retourne
alors à Londres.

Cette fois-ci, Minerva leva son regard vers lui.

— Et votre mission en ces lieux ?

— Elle sera achevée, répondit-il d'un ton définitif.

Il aurait pu difficilement dire ce que signifiait cet éclair
sombre jailli des yeux superbes.

— Et... l'ogre ? demanda-t-elle après une minute d'hésitation.

— Je suis certain que son compte sera réglé également.

— Soit, fit-elle. On peut le croire et l'espérer...

Elle lui tendit une main qu'il serra longuement.

Au-dehors, les autres Amazones s'affairaient, s'occupant de la besogne du jour. Seule Kate restait inactive, mais, la main sur la carabine, elle faisait les cent pas comme une sentinelle devant l'ennemi. On la sentait résolue à l'action.

Harry Dickson lui jeta un regard plein d'admiration.

— Je crois que vous savez vous garder vous-mêmes, et que nul besoin d'un Harry Dickson ne se fait sentir, plaisanta-t-il en manière d'adieu.

— Pour nous défendre non, pour être notre ami oui...

Il quitta le bois et se dirigea vers le manoir des Foyle, mais, quand il eut parcouru un demi-mille, il fit un brusque crochet et s'enfonça de nouveau dans le taillis.

Il lui tardait de voir la source où Minerva avait failli tomber victime d'un agresseur mystérieux. Endroit fatidique d'ailleurs : c'était le ravin bleu où Charles Foyle avait trouvé la mort.

Après un assez long détour, Dickson y parvint.

C'était bien plus une ravine qu'un ravin ; un pli de terrain en plein bois, très sombre sous la voûte épaisse des frondaisons centenaires.

Une eau cristalline courait sur un épais lit de galets blancs et gris, veinés délicatement de bleu et d'argent.

Une grande pierre plate attira l'attention du détective. Elle était lisse et nette, et devait servir de margelle à ceux qui venaient puiser l'eau à la source ou simplement s'abreuver.

C'était donc ici que Minerva Campbell, selon ses dires, s'était baissée sur le miroir pur de l'onde, au moment où le coup l'avait frappée.

« Selon ses dires... » Mais Harry Dickson regarda plus loin, et vit des mousses foulées, des branchages froissés, quelques feuilles souillées de sang.

Il y avait eu lutte...

— Ah!...

Cet endroit se situait à une trentaine de mètres de ladite pierre plate, et c'était là qu'on avait trouvé le cadavre de Charles.

Cela méritait une exploration en règle.

La place fatale formait une sorte de triangle entre plusieurs blocs erratiques, posés comme pour une embuscade dans cette clairière déclive.

Embuscade! L'image s'imposa à l'esprit du détective.

Il fonça à travers les taillis, se glissa entre les blocs, une sensation indéfinissable d'insécurité lui pinçant le cœur.

Ici on avait frappé le jeune bossu à mort, ici Minerva avait dû lutter pour sa vie. Une présence criminelle pouvait se blottir aisément dans l'ombre de ces rochers.

— Imbécile!

C'était Harry Dickson qui venait de lancer cette injure à sa propre intention car, soudain, la terre chavira autour de lui, il sentit une douleur violente à la tête et tomba, face contre le sol.

Ses forces le trahirent au moment où il voulut se relever. Il perçut un violent froissement de branches, puis une respiration haletante, comme si quelqu'un soulevait un objet très lourd... Un souffle de mort passa sur lui.

Mais, en même temps, un ouragan fondit à ses côtés, un rauquement terrible se fit entendre, une étoffe se déchira avec un bruit sec, un objet lourd tomba et il entendit un cri de rage et de souffrance.

Il eut la sensation d'une joie immense: celle du sauvetage.

Puis ses pensées devinrent confuses, sans toutefois glisser vers l'anéantissement complet. Il lui sembla entendre sa propre voix lui conseiller:

— C'est dans la logique des choses... Et quant aux choses... Eh bien! laissons faire les choses...

Dix minutes plus tard, il était debout, le crâne un peu bosselé, le cuir chevelu entamé et sanglant, mais l'eau fraîche de la source fit bientôt merveille.

61

En souriant, il regarda autour de lui et ramassa l'arme de l'agresseur : une hache, lourde et luisante, d'un modèle très spécial.

— Un cadeau des âges héroïques, murmura-t-il, une hache d'abordage !... Comme tout cela s'enchaîne merveilleusement...

Il siffla doucement et, peu de temps après, quelque chose bougea dans les buissons, puis une ombre s'avança vers lui.

— Merci, mon vieux Clown ! Sans toi, à l'heure actuelle je ne vaudrais guère plus que l'infortuné Charles et le pauvre Lambeth. Tiens, donne-moi cette babiole !

Clown tenait un lambeau d'étoffe dans sa gueule et il ne s'en sépara qu'en grognant de colère.

Harry Dickson le palpa, le mit dans sa poche et se frotta allégrement les mains, puis il caressa le dogue.

— Bon travail, mon gros ! L'ogre a signé son crime, mais tu peux m'en croire, ce sera son dernier !

Il regagna la route et hésita quant à la direction à prendre : le camp des Amazones, le château, l'auberge ?

Un bruit de sabots martelant le gravier le décida pour cette dernière.

De loin, il vit un cavalier lancé à toute allure se diriger vers «Les Armes des Duncan». C'était le courrier qui arrivait à bride abattue de la halte ferroviaire.

— Notre ami Tom Wills nous donne des nouvelles, Clown ! s'écria-t-il joyeusement. Sers-moi d'entraîneur, car je bous d'impatience, littéralement !

Il arriva à l'auberge au pas de course.

Le courrier s'y abreuvait déjà en compagnie du bon Tod Haigh ; il avait posé devant lui, sur la table, une large enveloppe scellée de cachets rouges.

— Le courrier de Londres, monsieur Dickson !

Le détective fit sauter la cire d'une main fébrile. Des pages dactylographiées s'échappèrent de l'enveloppe.

Il se mit à lire, à lire ! Et une joie sans bornes inonda son visage.

— Bravo pour ce cher Tom Wills ! jubila-t-il. Il a bien employé son temps, et maintenant, Tod Haigh, c'est moi qui régale. Il y a du bon vin d'Espagne quelque part dans votre cellier. Qu'on en débouche quelques vieilles bouteilles. Jamais occasion n'a été meilleure...

Il fait noir, par cette nuit sans lune, sans étoiles, le vent s'apprête à souffler en tempête ; les premières rafales secouent les arbres.

Il n'y a que deux lueurs immobiles à l'orée de la forêt, celles des tentes illuminées à l'intérieur. Aucun bruit de voix : les campeuses doivent s'être abritées de la tourmente qui vient, qui ne tardera pas.

— Tempête! murmure Harry Dickson. Tempête sur terre, tempête dans les cœurs... Et, après, ce sera le soleil, la belle accalmie, les fronts redevenus paisibles. La vie sera belle!

De loin, il fait un signe d'amitié aux lumières forestières, mais il ne s'attarde pas. Il file droit vers le château des Foyle, sombre contre le ciel obscur.

Une brusque rafale soulevant son manteau lui fait de grandes ailes ténébreuses aux épaules ; et, ce soir, Dickson se sent vraiment des ailes.

Le manoir est plongé dans le silence ; une seule fenêtre demeure éclairée à l'étage : celle de la chambre de Lady Lavinia.

Les pauvres lumignons de l'office sont à peine visibles au ras du sol.

Le détective ne prend pas la peine de sonner à la grande porte. Il sait qu'une poterne de service est restée entrebâillée par les soins du bon vieux Toodle, son complice dans la place.

Le domestique l'attend dans le couloir de service, il tremble et ses mains se posent fébrilement sur le bras du détective.

— Tout se passe sans doute comme je l'ai dit? lui demande le détective.

— Oui, sir... mais c'est tellement bizarre... Je n'aurais jamais osé croire cela. Puis-je retourner à l'office? Je n'aimerais pas assister… J'ai le pressentiment de quelque chose de terrible.

— Terrible… oui, murmure le détective. A bientôt, Toodle… Je prends tout sur moi, quoi qu'il arrive. Qu'aucun domestique ne quitte l'office.

— Soyez tranquille, sir. Tout sera fait comme vous l'ordonnez.

Le château est plongé dans une profonde obscurité. Au bout d'un large corridor latéral, quelques hautes lueurs rousses autour d'une ombre formidable : le catafalque de Sir Roger, que veillent quatre hauts cierges funéraires.

Harry Dickson salue brièvement et, à pas feutrés, gravit le grand escalier.

Il voit un rai de lumière sous une porte, celle de Lady Lavinia.

Il fait halte, reste immobile, écoute attentivement.

Derrière la porte, on parle.

Une seule voix, nette et sévère, s'exprime sur un ton sec et monotone ; on dirait qu'on lit à haute voix quelque acte de loi.

Mais soudain une autre voix s'élève, furieuse, désespérée.

— Mensonges ! Bandits ! Vous n'avez pas le droit !

Ah ! Harry Dickson a souvent entendu cette dernière défense : « Vous n'avez pas le droit ! »

Puis il perçoit un bruit sifflant, un coup mat, suivis d'une plainte rageuse.

On maltraite quelqu'un dans la chambre.

Harry Dickson ne bouge pas. N'était l'ombre, on pourrait voir une joie diabolique inonder son visage.

— Très bien ! murmure-t-il. Très bien !

Un bruit de voix plus confuses, où il ne distingue rien, puis deux mots qui tombent, sonores et définitifs :

— A mort !

Harry Dickson se frotte les mains.

— C'est l'instant d'intervenir ! murmure-t-il.

Alors, d'un élan vigoureux, il se jette contre la porte qui cède, et se retrouve en pleine lumière.

Des cris d'effroi partent de tous côtés.

Il surgit brusquement devant «elles»!

Lizzie, Kate, Maddy, Dora, Jessie et Minerva sont toutes là. Dans leurs mains élégantes, elles serrent des pistolets de gros calibre, des brownings.

Minerva est armée d'un fusil de guerre.

Attachée sur une chaise, Lady Lavinia roule des regards de folle furieuse.

— Monsieur de la police, s'écrie-t-elle, délivrez-moi! Ces criminelles vont me tuer...

Harry Dickson s'incline.

— Je vous délivrerai tout à l'heure, milady, ou plutôt les gens de la police d'Edimbourg qui, déjà avertis, arrivent à toute allure dans une voiture rapide. Votre vie n'est plus en danger ce soir mais, d'ici à quelques semaines, elle le sera certainement, car sans l'ombre d'un doute, vous serez pendue haut et court.

Le détective tend une main loyale aux jeunes filles silencieuses.

— Et maintenant, mes belles vengeresses, laissez-moi vous raconter une histoire, dont la plus grande partie, hélas, n'est ignorée d'aucune d'entre vous.

Harry Dickson reprit la parole:

— En 1917, l'Allemagne commença contre le monde civilisé son inique guerre sous-marine. Ses unités mystérieuses et criminelles rôdaient autour des îles de l'Ecosse et, chose affreuse, trouvaient des complices parmi nos propres concitoyens. Un de ceux-là, qui aida un submersible ennemi à s'abriter dans le North-Minch, à se ravitailler, qui fournit des renseignements propres à lui permettre de continuer sa besogne de forban, fut le vieil Hogall de Deen-Tower.

» Dans cette lâche besogne, il fut secondé par son gendre, Sir Roger Foyle, et sa digne sœur, Lady Lavinia.

» A ce moment-là se situe le drame du croiseur léger *Livingstone*.

Un sanglot étouffé interrompit Harry Dickson qui, après un court silence, continua:

— Ce croiseur était détaché dans les parages de Deen-

Tower, pour donner la chasse à un sous-marin allemand qui y opérait quasi impunément depuis des semaines, occasionnant des ravages sans nombre.

» Un jour, il faillit l'atteindre, mais le pirate lui envoya deux torpilles et le croiseur coula en quelques minutes.

» Une chaloupe, la dernière, dans laquelle avaient pris place les officiers du *Livingstone*, parvint pourtant à atteindre les côtes.

» Mais, au moment d'aborder, des coups de fusil partirent du rivage, et tout l'équipage fut tué. Les tireurs n'étaient pas des Allemands, mais des Anglais : Hogall, Foyle et Lavinia Foyle, qui sait se servir d'un fusil de guerre comme le meilleur soldat.

» Quant à nos morts, je vais vous dire leurs noms.

Tandis qu'un silence terrible planait, Harry Dickson reprit d'une voix solennelle :

— Le capitaine de frégate, commandant du croiseur léger *Livingstone*, Harris Campbell...

— Mon père, murmura Minerva, devenue livide.

— Le capitaine John Sonny, second du bord...

— Papa... sanglota tout à coup Kate.

— Le lieutenant Harold Horst, le lieutenant Dale, l'enseigne Armstrong, le midship Straitforth...

» Oui, mesdemoiselles, continua le détective d'une voix que l'émotion gagnait de plus en plus, oui, mes braves et chères amies, mes vaillantes enfants, vos pères furent assassinés par ces canailles.

» Il y avait un quatrième complice qui vécut depuis sur la terre anglaise, le quartier-maître allemand Kurt Schäffer, membre de l'équipage du sous-marin pirate ; il avait pu échapper au naufrage de celui-ci, et gagner la terre et le manoir de Hogall.

» Car, bien que grièvement atteint, le *Livingstone* était parvenu à éperonner le submersible qui coula à son tour, ne laissant échapper que le nommé Schäffer. Celui-ci est resté vivre ici, sous le nom de William Barnstaple Sharkey, époux morganatique de Lady Lavinia Foyle.

La mégère poussa un véritable hurlement mais, d'un violent coup de poing, Kate Sonny la fit taire.

— Je continue, dit Harry Dickson après une pause.

» Les années passèrent, mais le hasard, peut-être la justice immanente, veillait. Un jour que Miss Campbell était allée en pèlerinage au cimetière marin où dormaient les héros du *Livingstone*, elle rencontra un homme étrange qui, ivre, faisait de curieuses révélations dans un cabaret de la côte. C'était Schäffer, ou Sharkey.

» Elle feignit quelque amitié pour lui, et...

— Elle lui donna même une mèche de ses cheveux, n'est-ce pas ? glissa Minerva. Je sais que vous l'avez enlevée sur son cadavre, Harry...

Le détective rougit.

— C'est vrai, Minerva, murmura-t-il. J'ai cru...

— Peu importe, répondit-elle. Vous aviez le droit de tout croire. Mais cette mèche, il me la vola ; il me la coupa brusquement d'un coup de ciseaux pendant que nous étions attablés dans le cabaret. Je la lui laissai... mais... Dans son ivresse, il raconta tout le drame du *Livingstone* sans même essayer de dissimuler son identité. Il avait tellement bu que, plus tard, il ne devait même plus se souvenir de ses confidences.

» Je résolus de passer à l'action, monsieur le détective.

» Je fis des démarches auprès des autorités. On m'écouta, mais on m'éconduisit avec de belles paroles. J'appris que des groupes puissants travaillaient dans l'ombre : on ne voulait pas accuser les Foyle ! C'étaient là gens trop riches et trop influents ! Je rassemblai alors notre groupe, et mes compagnes et moi formâmes le club des « Amazones » dans le but de venger nos pères.

» Nous n'avons pourtant atteint qu'un seul des coupables : Sharkey.

» Il m'avait reconnue parmi les campeuses. Il me harcelait de ses infâmes propositions. Le soir qu'il tira sur vous, je me lançai à sa poursuite.

» Il était fou de rage et de... oui, de jalousie... Il me menaça de son revolver. Mais je le lui arrachai des mains et le coup partit. Blessé, il s'écroula sur le sol. Alors, je lui dis qui j'étais, et il se mit à lancer les pires injures, à blasphémer, à insulter nos chers morts. Je le battis à coups de cravache, et puis je lui brisai le crâne d'un coup de revolver.

» Vous pouvez m'arrêter maintenant…

— Je n'aurai garde de le faire, dit Harry Dickson. Vous n'avez fait que vous défendre, et prendre à votre compte la tâche du bourreau. Vous avez bien fait et je vous en félicite.

» Maintenant, je vais vous donner des informations pour faire la lumière sur les crimes qui ont infesté la région.

» Roger Foyle, à la mort de sa femme, la fille de Hogall, décédé depuis, était revenu habiter le manoir ancestral. Jusque-là, Lady Lavinia en avait été seule maîtresse. Surtout depuis sa liaison avec Sharkey, elle n'aimait pas d'autres présences autour d'elle.

» De plus, elle convoitait pour elle seule l'immense fortune des Foyle, et Sharkey la confortait dans cette idée.

» Elle résolut de se débarrasser de son frère et de son neveu.

» Les deux complices imaginèrent un stratagème monstrueux afin de faire croire à l'existence d'un bandit mystérieux hantant la région.

» Avant de s'en prendre aux gens du château, ils tuèrent d'inoffensifs passants.

» L'opinion publique accusa le cruel Charles Foyle.

» On voulut l'interner, mais cela ne faisait pas l'affaire de la tante, qui parvint à obtenir des autorités qu'on se contentât de lui donner un gardien : le Dr Lambeth.

» Certes, Lambeth était promis à la mort, mais dans le cœur de Lavinia Foyle un étrange sentiment se fit jour : elle se mit à aimer le docteur.

» Lambeth était un faible… Passons…

» Charles Foyle meurt, tué dans le Ravin Bleu. Qui a fait le coup ? Sharkey, plus que probablement, bien que je n'en sois pas bien certain.

» A ce moment-là, les yeux de Lambeth s'ouvrent. Il est avant tout homme de devoir.

» Il va partir, car il a entrevu la vérité.

» On le tue… Qui ? Sharkey… *probablement*.

» On fait place nette dans sa chambre, mais on n'enlève pas ses pipes, et on ne vide pas son cendrier.

» Pendant que je visite sa chambre, sans que je le sache, Lady Lavinia m'observe, par le trou de la serrure d'une porte dérobée que je ne découvris que plus tard. Elle envoie un courrier avec une lettre, dont elle sait bien que je le ferai intercepter. C'est rudement habile, et pour un peu je me laisserais prendre au piège. Mais les pipes oubliées sont là ! Et elles m'amènent à découvrir le cadavre du Dr Lambeth, inhumé dans les caves du château.

Un cri d'horreur retentit, auquel répondit un sanglot rauque de Lavinia Foyle :

— Je n'ai tué ni Charles ni Lambeth...

— Mais vous avez assassiné votre frère Roger avec le fusil de guerre que Miss Campbell a découvert dans votre chambre, et vous avez failli l'assassiner elle aussi dans les bois, car il fallait que l'« ogre » rôdât de nouveau pour rendre crédibles les crimes qui se perpétraient au château.

» Et vous avez failli m'avoir également, misérable, car vous connaissiez bien la cachette du Ravin Bleu, où opérait le criminel Sharkey !

» Mais Clown eut presque raison de vous et emporta un lambeau de votre robe noire comme preuve de votre forfait !

Un klaxon mugissait sur la route.

Harry Dickson fixa du regard Lady Foyle.

— Le châtiment commence, dit-il. Au nom du Roi, je vous arrête.

Épilogue

Harry Dickson n'avait pas voulu que le sang de Lavinia Foyle, criminelle entre les criminelles, souillât les mains des jeunes filles du club des « Amazones », tout à leur œuvre de légitime vengeance ; nous avons vu qu'il y était parvenu.

La justice s'occupa du cas de l'horrible meurtrière, certes, avec beaucoup de discrétion, mais avec célérité et sévérité. Elle fut condamnée à mort et exécutée dans l'enceinte de la prison d'Edimbourg.

Seule du club des « Amazones », Kate Sonny assista, aux côtés du détective, au terrible châtiment final de cette femme monstrueuse.

Elle le fit sans défaillance, et ses sombres yeux restèrent fixés sur la corde tragique jusqu'au moment où, tout mouvement ayant cessé, on put être certain que l'odieuse mégère avait payé sa dette aux humains.

En quittant la prison, la jeune fille prit le bras de Harry Dickson.

— Mon grand ami, dit-elle, je dois vous faire l'aveu d'un mensonge, ou plutôt d'une réticence, non de moi, mais de notre chère Minerva.

» Si elle tua l'horrible Sharkey, ce ne fut pas seulement par esprit de vengeance, mais parce que le bandit avait juré de vous tuer...

Harry Dickson réprima un frisson, sans pouvoir répondre.

Au cours de l'année suivante, le détective eut fort à faire, car il dut servir de témoin à cinq mariages successifs : celui de Lizzie, de Maddy, de Jessie, de Dora et en dernier lieu, de la noire Kate.

Le sixième, direz-vous...

Miss Minerva Campbell refusa toutes les offres d'hymen, et elles devaient pourtant être nombreuses.

Mais, par certains soirs tranquilles, une jeune dame, sobrement et élégamment vêtue, accompagnée d'un vieux bouledogue qui la suit comme une ombre, attend au coin de Baker Street.

Elle n'attend jamais longtemps, car un grand gentleman la rejoint vite.

Ils s'en vont par les rues silencieuses et souvent s'attardent à causer sur un banc du square, et alors le monde ne semble plus exister pour eux...

LES VENGEURS DU DIABLE

1. L'effroyable nocturne

Minuit! En prêtant l'oreille, on pourrait entendre le lamento du carillon de Westminster ou la grave sonorité de Big-Ben. Les bruits du dehors sont ouatés par le brouillard. A l'intérieur du British Museum, le silence est complet. Même les gardiens, aux savates doublées de feutre épais, ne font pas plus de bruit que les ombres qu'agitent leurs fanaux de veille.

David Bens, le veilleur attitré de la section égyptienne, s'en va d'un pas lent vers l'appareil de minuterie chargé de contrôler la régularité de ses rondes. Il manœuvre quelques leviers, examine un ticket perforé et hoche la tête d'un air satisfait.

— Me voilà tranquille pour une demi-heure, murmure-t-il. Je vais passer par la grande galerie. Là, je rencontrerai mon collègue Willis. Nous pourrons fumer une pipe ensemble et bavarder un peu. Ah! comme ces nuits de veille sont longues!

Il traverse la grande galerie, sans se soucier des trésors d'art qu'elle renferme, indifférent aux sarcophages et à leurs sombres habitants.

— Que de chichis pour des types morts depuis deux mille ans et plus! soliloque Mr. Bens, philosophe à ses heures. Ont-ils peur de les voir jouer la fille de l'air pour aller boire une pinte d'ale chez le bistrot du coin?

Au loin, il voit une petite luciole trouer d'une pointe de flamme les lourdes ténèbres, et il pousse un grognement de satisfaction. Il connaît bien ce lumignon, c'est la pipe de Willis; enfin, on va pouvoir s'offrir un peu de compagnie.

— 'soir, Willis, dit-il en voyant son copain émerger de l'ombre. Rudement frais, hein, ce soir?

— Une pipe fait du bien, répond Willis, surtout lorsqu'elle est antiréglementaire, et un peu de gin ne ferait pas de mal non plus depuis qu'on nous a défendu d'en apporter.

Mr. Bens comprend le signe. Il sort des profondeurs de son habit une bouteille plate contenant une bonne pinte de la réconfortante liqueur.

— A la vôtre!

— Merci... A charge de revanche!... Dites donc, Bens, croyez-vous que le vieux fasse sa tournée, ce soir?

— Je ne le crois pas. Il nous est déjà tombé sur le dos avant-hier, sur le coup de deux heures du matin. J'étais parfaitement en règle, je ne fumais pas et mon ticket de minuterie était poinçonné à la bonne minute, mais ce pauvre diable de Simonson était un peu... soûl, rapport à une fameuse rage de dents qui l'avait pris dans la salle des petites statues, là où tous les courants d'air se donnent rendez-vous. Alors... Vous parlez d'un savon!

— Mos, dit Willis en coulant un regard inquiet vers le fond obscur de la galerie, je crois plutôt que le vieux n'est pas dans son lit. Il n'y a pas cinq minutes, j'ai vu comme une lueur dans l'escalier qui mène à la salle Carnarvon. Vous savez, celle où l'on a mis toutes les vieilleries qu'ils ont rapportées de la Vallée des Rois, de chez Tut... Machin... Comment dit-on?

— Toutânkhamon...

— C'est cela! Et dire que nous devons veiller là-dessus! Enfin... puisque le gouvernement nous paie, autant cela qu'autre chose, n'est-il pas vrai? Mais ce qui est certain, c'est que j'ai vu une lueur, comme celle d'une lanterne portée bas.

— En ce moment, je ne dois pas me trouver dans ces parages, bougonne Mr. Bens. Je dois circuler dans la galerie où nous sommes et vous y rencontrer. C'est le règlement, n'est-ce pas?

— En effet !

— Dans ce cas, on peut même si l'on veut organiser une retraite aux flambeaux dans la salle Carnarvon : c'est en dehors de ma ronde.

— Bien dit. Voulez-vous bourrer votre pipe avec du bon tabac de Hollande ?

— Ça ne se refuse jamais, surtout quand cela vous est offert de grand cœur. Prendrez-vous encore une goutte de gin ?

— Pour vous faire plaisir !

Ils burent à la régalade et claquèrent la langue.

— Fameux, ce gin !

— Il vient de chez O'Brady. Ce gaillard n'en vend que du bon !

Tout à coup, un bruit singulier leur fit tourner la tête.

Ils entendirent le grincement aigu d'un outil métallique, suivi aussitôt d'un choc sourd.

— Ah ! voilà ce qui n'est pas dans le règlement ! s'écria Mr. Bens, et en fait de bruit ce ne serait jamais le directeur qui en ferait un pareil quand il fait une ronde de nuit pour nous surprendre !… Ecoutez, voilà que ça recommence…

— Et l'on ne se gêne guère là-bas ! cria Mr. Willis indigné. Voilà qu'on se sert d'un marteau à présent. Cela vient de la salle Carnarvon !

Les deux gardiens se mirent à courir dans cette direction.

Une mince ampoule, vissée dans une niche, éclairait d'une lueur douteuse le fond de la galerie ; dans la salle Carnarvon, qui s'ouvrait sur elle, la lumière pénétrait à peine de quelques mètres et laissait les coins bourrés d'ombre.

— Qui vive là-dedans ? s'écria Mr. Bens.

Le marteau se remit à frapper avec frénésie. Ce fut la seule réponse que le gardien reçut.

— Je vous préviens que j'ai ordre de tirer !

Au seuil de la grande pièce ténébreuse, Bens hésita : il faisait tellement noir là-dedans ! Et le commutateur, qui commandait les lampes du plafond, se trouvait au milieu de la salle, tout contre un portant de fenêtre. Il fallait donc traverser cette salle de moitié pour l'atteindre.

Le fanal, que David Bens portait, ne répandait qu'une toute petite clarté et sa mèche donnait plus de fumée que de lumière.

Le gardien le leva au-dessus de sa tête et Mr. Willis le vit avancer dans la salle, entouré d'un faible halo jaunâtre.

Soudain, il cria :

— Par ici, Willis, à moi !

Puis, levant de sa main libre son gros revolver d'ordonnance, Bens tira.

Mr. Willis se mettait à courir quand survint un incident qui lui sauva probablement la vie : il glissa.

Il s'étala de tout son long et se tordit la cheville.

Il poussa un cri et sentit une douleur violente au genou, puis à la tête.

Pourtant, il tenta de se redresser.

Ainsi, il put voir ce qui se passait dans la salle Carnarvon.

David Bens avait atteint le commutateur et, aussitôt, une puissante lampe à arc s'alluma au plafond, illuminant brillamment la salle.

Mr. Willis eut alors grand-peine à retenir une exclamation d'épouvante.

D'entre les sarcophages exposés, un être fantastique venait de surgir.

Il semblait à Mr. Willis que cela ressemblait à un singe noir et velu ou peut-être à une de ces affreuses momies, dépouillée de ses bandelettes. Rapide comme l'éclair, le monstre sauta sur les épaules de David Bens, qui hurla. Mais à cette minute, la douleur eut raison de Mr. Willis, et la peur y fut peut-être aussi pour quelque chose : il s'évanouit.

— Pourrons-nous l'interroger, docteur ?

— Je le crois, monsieur Dickson, bien que je craigne une fracture à la base du crâne.

— Aurait-il été frappé comme l'autre gardien ?

— Oh, non! L'homme a fait une très vilaine chute. Il a donné de tout son long sur les dalles, le genou est même luxé, et sa tête a heurté un socle de marbre. Non, le malheureux s'est évanoui sous l'effet de la violente douleur qu'il a dû ressentir, tandis que l'autre…

— Assassiné? dit brièvement le détective.

— Affreusement! Mon collègue, le médecin légiste Marden, vous en dira davantage.

Le directeur du musée, qui jusque-là avait gardé un silence inquiet, intervint.

— Et maintenant, «ils» ont tué! murmura-t-il.

Harry Dickson leva des yeux étonnés sur le fonctionnaire.

Ils étaient debout dans le cabinet directorial du British Museum, à l'heure où les premières lueurs de l'aube commençaient à faire pâlir celles du grand lustre électrique.

Le gardien Willis était étendu sur une chaise longue; un pansement sommaire venait de lui être fait à la tête et à la jambe gauche; il respirait lourdement et geignait dans sa torpeur.

Au milieu de la nuit, un appel téléphonique avait tiré le détective du lit: appel provenant du ministère des Beaux-Arts et le suppliant de se rendre sur-le-champ auprès du directeur du British Museum.

Il s'était trouvé devant un fonctionnaire atterré, un gardien mort et un autre blessé.

— Monsieur le directeur, dit Harry Dickson, je vous entends parler de mystérieux «ils». Ne voudriez-vous pas préciser?

— Volontiers, monsieur Dickson, maintenant que le ministère m'y autorise. Depuis quelque temps, on nous vole malgré les portes closes, les serrures et les contre-rondes de surveillance que j'entreprends moi-même. Rien n'y fait: on continue à nous voler! C'est surtout cette malheureuse salle, où s'entassent les merveilles que Lord Carnarvon rapporta de la Vallée des Rois, qui est mise au pillage. De magnifiques parures d'or ont disparu. Des papyrus d'une valeur énorme ont subi le même sort.

» Le ministère avait décidé de ne pas donner l'alarme.

Nous devions redoubler d'attention, augmenter la surveillance, mais ne pas prévenir les gardiens. Aujourd'hui, en vous appelant à la rescousse, on a levé cette consigne. C'est ce qui me permet de parler.

— Hum! Voilà bien l'éternelle couardise officielle, murmura Dickson. En attendant, des indices précieux ont été perdus, sans aucun doute.

Le directeur leva vivement la tête.

— Pas du tout, monsieur Dickson. Des traces ont été relevées, mais elles sont d'un fantastique, d'un irréel! C'est ce qui a incité mes chefs à garder le silence.

— Quel genre de traces? interrogea laconiquement le détective.

Le fonctionnaire secoua la tête et sembla avoir de la peine à trouver les mots pour répondre.

— Eh bien! dit-il enfin d'une voix sourde, on a relevé des empreintes fraîches sur les sarcophages violés, sur les vitrines vidées : ce sont... Mais non, c'est impossible!

— Dites toujours, grogna le détective avec impatience.

— Ce sont des empreintes de singe, monsieur Dickson! De longues pattes simiesques. En voici les photographies...

Il ouvrit un tiroir de son bureau et étala devant le détective plusieurs photographies livides et crues, telles qu'en fournissent les services d'identification judiciaire. Harry Dickson s'arma d'une puissante loupe et se mit à les étudier, puis il les reposa et hocha la tête d'un air sombre.

— Cela a tout l'air de pattes de singe, en effet, dit-il, bien que je ne connaisse aucun quadrumane capable d'en laisser de pareilles.

Le directeur fit un signe d'approbation.

— C'est ce que nos biologistes ont affirmé également. Le professeur Ladon, notre célèbre anatomiste, est même allé plus loin en disant qu'une main de squelette aurait pu laisser de pareilles empreintes, mieux, ajouta-t-il d'une voix épouvantée, une main de momie!

— Bon! fit Dickson. Rendez-moi ces photos...

Il reprit leur examen. Après de longues minutes, il

rejeta les photos loin de lui avec une exclamation éton-
née.

— C'est ma foi vrai !

Le docteur, qui jusque-là avait assisté sans mot dire à
cet entretien, posa sa main sur le bras du détective.

— Monsieur Dickson, notre blessé a repris conscience.

Harry Dickson se retourna vivement.

— Bonjour, monsieur Willis, dit-il avec ce cordial sourire qui lui attirait immédiatement la sympathie des
humbles. Voici que vous revenez dans le monde des
vivants. On est tombé un peu durement, hein ? Le marbre
ne vaut pas un oreiller, que diantre !

— C'est affreux ! murmura le blessé.

— Pourriez-vous me raconter ce que vous avez vu ?

Mr. Willis ferma les yeux et un grand frisson l'agita.

— David Bens est-il mort ? demanda-t-il avec angoisse.

Personne ne lui répondit, mais le gardien lut la vérité
sur les visages consternés de ceux qui l'entouraient.

— C'est affreux ! répéta-t-il.

— Oui, répondit Harry Dickson. A vous, maintenant,
monsieur Willis, de nous aider à venger votre malheureux collègue.

— C'est un singe qui l'a tué... une momie peut-être !
s'écria Willis. Je l'ai vu !

Le directeur poussa un cri de terreur, et Harry Dickson
lui-même ne put réprimer un frisson.

D'une voix faible, le rescapé se mit à retracer les événements de la nuit, sa rencontre avec David Bens dans la
grande galerie, les bruits qui s'étaient élevés dans la salle
Carnarvon, puis sa malencontreuse chute à la porte de
cette pièce, et l'incroyable agression dont David Bens
avait été victime.

Il avait à peine fini de parler qu'on frappa à la porte et
que le Dr Thornycroft, le médecin légiste de Scotland
Yard, entra.

Immédiatement, le détective remarqua, aux traits bou-
leversés de l'homme de science, qu'il s'était trouvé devant
un cas extraordinaire.

Harry Dickson lui posa la main sur le bras.

— Strangulation, sans doute, docteur ?

Le médecin approuva.

— Etranglé par une main terrible, une main d'une force surhumaine, monsieur Dickson. Les vertèbres du cou ont été brisées ; la corde de la potence ne pourrait mieux faire ! C'est incroyable !

— Et les traces ? s'enquit le détective.

Le médecin se passa la main sur le front. Il hésitait à répondre.

— Je sais qu'elles sont tout aussi extraordinaires, l'encouragea Dickson. Ne vous accusez pas d'avoir eu la berlue !

— Une main de singe, ou une main de momie, monsieur Dickson, murmura Thornycroft.

Mr. Willis, qui avait entendu, poussa une exclamation horrifiée et s'évanouit de nouveau.

Pendant qu'on le transportait dans une clinique voisine, Harry Dickson pria le directeur de bien vouloir rassembler tous les gardiens.

— C'est facile, lui répondit le fonctionnaire. C'est justement l'heure du rapport de nuit, celle où les veilleurs sont relevés de leur garde pour être remplacés par le personnel de jour.

Dans le grand hall, le gardien-chef passait ses hommes en revue.

— Où est Miller ? l'entendit dire Harry Dickson.

— Nous ne l'avons pas vu, répondit-on de toutes parts.

— Qui est Miller ? s'enquit le détective.

— C'est le veilleur de nuit à poste fixe dans la section hindoue, intervint le directeur.

— J'ai envoyé le surveillant Bone le chercher, dit le gardien-chef. Il ne peut tarder...

Mais, au lieu de Miller, une clameur sauvage leur vint de loin. Presque aussitôt, ils virent accourir le surveillant Bone, gesticulant comme un fou, roulant des yeux exorbités.

— Que vous arrive-t-il, Bone ? s'écria le directeur.

L'homme semblait bouleversé par la terreur et l'affolement.

— Miller a été assassiné! hurla le gardien. Il est dans la salle des divinités hindoues. Il est affreux à voir.

Un concert d'imprécations et de cris d'épouvante accueillit l'annonce de cette nouvelle calamité.

— L'enfer s'est déchaîné sur le British! cria-t-on de toutes parts. On va nous égorger ici comme des poulets!

— On nous laisse sans protection!

— C'est toujours assez pour nous, les gagne-petit!

La terreur allait tourner à la colère générale, quand Dickson intervint. Il croisa les bras sur la poitrine et regarda le groupe vociférant.

— C'est à cela que vous pensez, quand il s'agit de venger un camarade lâchement assassiné? demanda-t-il avec un profond mépris dans la voix. Pour peu, je croyais que vous alliez demander de l'augmentation!

La cinglante parole porta et, immédiatement, tout le groupe se précipita vers la salle des divinités hindoues, tournant, cette fois, sa rage contre le mystérieux assassin.

La salle en question était sombre et légèrement en retrait des autres bâtiments de l'immense édifice; dans l'éternelle pénombre qui y régnait et que dissipait à peine un jour terne, tombant d'une haute verrière poussiéreuse, on devinait des formes vaguement hideuses.

Kālī, effrayante déesse aux quatre bras, faisait face à Ganeça, dieu indien inquiétant à tête d'éléphant. Partout, les bouddhas ventrus étaient accroupis, perdus dans un songe sanglant, un rictus cynique sur leurs larges faces. Sur un socle de marbre bleu, un grand singe grimaçait, ses yeux, taillés dans des fragments de quartz, brillant d'un étrange feu vert.

A ses pieds, le cadavre du malheureux Miller était étendu, effrayant à voir: son visage avait gardé l'expression d'une peur abominable, ses yeux, injectés de sang, semblaient vouloir jaillir de leur orbite. De la bouche large ouverte, la langue sortait, immense, bleuie et boursouflée.

Les gardiens reculèrent, pris d'épouvante; le directeur chancela et faillit se trouver mal.

Déjà, Harry Dickson explorait la salle.

— Que tout le monde demeure près de la porte, ordonna-t-il. Que l'on ne brouille pas les traces, s'il y en a.

Tout à coup, il se baissa et ramassa un bout de papier.

— Quand balaye-t-on ? demanda-t-il.

Le gardien en chef répondit :

— Tous les soirs, dès la fermeture, sir.

— Qui ?

— Dans la salle des divinités, c'est Pams.

— Un garçon négligent ?

Le préposé eut un léger sourire.

— Ah ! non, par exemple ! Bien au contraire, Pams est
même un maniaque de la propreté. Si vous me permettez
une boutade, sir, je vous dirai que Pams s'évanouirait
d'horreur en voyant traîner par terre dans cette salle un
bout de ficelle, plutôt que le cadavre du pauvre Miller. Du
reste, le voici...

Un long garçon maigre se fraya un chemin à travers la
troupe des employés.

— Jamais on n'a eu quelque chose à me reprocher,
quant à mon service, ronchonna-t-il. Que celui qui ose
dire le contraire s'avance. Je ne le crains pas, serait-ce le
directeur en personne.

Harry Dickson sourit.

— Personne ne songe à vous reprocher quoi que ce
soit, mon ami, dit-il doucement. Mais l'erreur est
humaine. Et il se pourrait bien qu'un bout de papier,
comme celui-ci, ait échappé à votre balai.

Pams rougit de colère.

— Moi... laisser cela par terre !... Quelle abomina-
tion !... Non, quand j'ai quitté ma salle hier soir, elle
reluisait comme un miroir.

— Il se peut que ce soit le malheureux Miller, alors, dit
le directeur.

Pams secoua énergiquement la tête.

— J'ose vous jurer que non, monsieur le directeur.
J'avais une considération sans bornes pour Mr. Miller, un
homme correct et propre. Il respectait mon ouvrage et ne
se serait pas même permis de laisser un grain de tabac
sur le sol de ma salle... Non, non, je sais ce que je dis, ce

bout de journal, c'est l'assassin qui l'a jeté. Ne faut-il pas être le dernier des bandits pour jeter du papier sur un sol aussi soigneusement balayé ? J'espère qu'il sera pris, que je pourrai témoigner contre lui et qu'il sera pendu.

« Et puis, se dit Harry Dickson, je ne pense pas que Miller lisait des journaux français. »

Soudain, le directeur poussa un cri d'effroi, qui fit se retourner le détective.

— Monsieur Dickson, haleta le fonctionnaire, regardez donc les mains de la statue du dieu Hanumān !

Hanumān est le guerrier-singe, héros de l'épopée indienne du Rāmāyana.

Harry Dickson s'approcha de la sombre image et sifflota doucement.

Les mains de la statue étaient poissées de sang noir.

Le détective haussa les épaules, et une expression de mépris se répandit sur son visage.

— C'est d'un grossier ! murmura-t-il. C'est de la mise en scène... Il n'y a pas à désespérer : l'auteur de ces crimes est un cabot.

— La strangulation fut faite par les mêmes mains qui ont mis fin à l'existence de Willis, murmura le médecin légiste à l'oreille du détective.

Harry Dickson ricana doucement.

— Mon cher Thornycroft, dit-il, la sagesse populaire affirme «malin comme un singe». Je vous dirai pourtant ceci : il se peut que l'assassin ait les mains d'un singe ; mais ce qu'il n'a pas, c'est sa malice !

2. Mr. Lummel, de Bruges

— Je voudrais voir qu'on m'empêche d'entrer ! J'ai une autorisation spéciale de Lord Saville, le ministre des Beaux-Arts en personne, pour aller et venir ici comme bon me semble. Laissez-moi passer, agent de police, ou je me plaindrai !

81

La petite voix, singulièrement aiguë et coléreuse, parvint à Dickson et au directeur, qui gagnaient la sortie du musée.

— Que l'on me mène chez le directeur, glapit la voix. Je lui dirai ce que je pense de votre incivilité. Dites-lui que je suis Mr. Lummel, de Bruges.

— Ciel! s'écria le directeur, ce paltoquet qui nous tombe sur les bras. Je vais en avoir pour une heure, au moins, à subir ses réclamations. Mais il n'y a rien à faire; il est nanti d'une recommandation en bonne et due forme. Je dois le recevoir...

— Qui est-ce? demanda machinalement le détective.

— Un original... Un homme un peu timbré, mais en tout cas un très savant orientaliste. Ses travaux en la matière lui ont valu une réputation quasi mondiale.

Au détour de la galerie, le détective et le fonctionnaire virent un imposant agent de police qui se tenait, tout penaud, devant un petit homme vêtu d'une redingote étriquée et coiffé d'un ridicule chapeau haut de forme. De formidables lunettes à monture d'écaille noire lui plaquaient deux hublots sur le visage et ses mains, gantées de fil noir, gesticulaient éperdument.

— Monsieur le directeur, s'écria le gringalet, dès qu'il vit le fonctionnaire, monsieur le directeur, il faudra qu'on me fasse raison pour l'affront que je viens de subir. Ce lourdaud de policier m'empêche de passer, sous prétexte qu'il y a eu crime. Qu'est-ce que cela me fait, à moi? Croyez-vous que mes études puissent souffrir le moindre retard? J'ai un rapport à fournir à la Société savante de Magdebourg pour le prochain congrès des orientalistes. Que l'on ne me fasse plus perdre de temps.

— Allez donc, monsieur Lummel, répondit le directeur d'une voix lasse. Personne ne s'opposera plus à votre entrée!

— Si, moi, dit une voix.

— Quoi! Qui vient de parler? Qu'il se montre! glapit le nabot au comble de la fureur.

— Eh bien! me voici en chair et en os! Et je vous prie d'attendre mon autorisation avant de pénétrer dans le musée, autorisation qui vous sera refusée aujourd'hui, dit Harry Dickson avec beaucoup de calme.

Mr. Lummel grinça de fureur comme une vieille lime.

— Qui êtes-vous ? hurla-t-il littéralement. Etes-vous Lord Saville ou le roi d'Angleterre en personne, pour donner un tel ordre ?

— Non, je suis tout simplement Harry Dickson.

L'homme resta un instant perplexe.

— Harry Dickson ? fit-il en regardant curieusement le détective à travers ses immenses lunettes. Harry Dickson c'est, si je ne me trompe, une sorte de policier, qui n'est pas même officiel, un homme qui fourre son nez partout et qui a, parfois, la chance de réussir là où d'autres imbéciles ne voient que du feu. Est-ce bien cela ?

— C'est bien cela, répondit gravement le grand détective.

— Et vous voulez m'empêcher de continuer mes travaux ?

— Pour aujourd'hui, certainement !

— Coquin ! s'exclama l'homoncule.

— Au revoir ! fit Dickson en lui tournant le dos.

— Vous me paierez cela, par le dieu Hanumān en personne !

— Comment dites-vous ? s'écria Harry Dickson en se retournant vivement.

— Par-le-dieu-Ha-nu-mān ! scanda Mr. Lummel. Une divinité farouche qui se venge toujours.

— Comme elle l'a fait cette nuit, sans doute.

Mr. Lummel, soudain intéressé, tendit l'oreille.

— Elle s'est vengée, dites-vous ? demanda-t-il d'une voix soudain radoucie. Oh ! racontez-moi cela, je vous prie. C'est diablement passionnant ce que vous dites là, savez-vous ! Allons pour une fois, racontez-moi cela.

Harry Dickson sourit et enregistra mentalement le «savez-vous» dont le savant venait de se servir.

— Monsieur Lummel est belge, n'est-il pas vrai ?

— En effet, belge, de Bruges, et j'en suis très fier, dit le petit savant en se dressant comme un coq sur ses ergots. J'espère qu'il n'y a rien d'injurieux dans votre question ?

Harry Dickson se mit à rire franchement.

— Mais non, mais non, j'aime votre pays, et surtout votre ville, qui est parmi les plus belles cités d'art du monde.

— Bien dit, bien dit, affirma le bonhomme. Racontez-moi, maintenant, ce que vous savez du dieu Hanumān. C'est une divinité redoutable entre toutes et peut-être que je pourrai vous être utile, tout en me réservant le droit de consigner notre conversation dans mon rapport au congrès des orientalistes de Magdebourg.

Le directeur regarda Dickson d'un air interrogateur. Le détective approuva lentement de la tête.

— Venez, monsieur Lummel, dit le fonctionnaire en conduisant son hôte vers la salle des divinités hindoues.

Le savant eut à peine un regard pour le cadavre de Miller, qu'on venait de déposer sur une civière. Il se précipita immédiatement vers la sombre statue et se mit à l'examiner avec une sorte de joie farouche.

— Du sang! s'exclama-t-il. Hanumān aime le sang!

Harry Dickson s'approcha.

— Hanumān peut-être, mais cette statue? demanda-t-il.

Le petit savant se retourna, agressif, vers le détective.

— Une statue? Une incarnation, oui! Cette image provient d'un temple de la forêt; ce n'est pas une vaine divinité, car elle a acquis une force, mystérieuse mais réelle, au cours des âges; en certaines occasions, elle peut agir comme un être doué d'une puissance physique peu ordinaire.

— Elle aurait donc pu tuer, de ses mains de pierre et de métal, un gardien de musée? questionna ironiquement le détective.

Mr. Lummel, de Bruges, frémit de colère.

— Certainement, elle le pourrait! s'exclama-t-il. Certainement... Les exemples fourmillent: des profanateurs s'étant introduits dans les temples consacrés ont vu Hanumān bondir de son socle, les mettre en fuite, après avoir mis à mal quelques-uns des leurs. Des explorateurs ont été étranglés par ces mains, que vous dites de pierre et de métal. Voulez-vous des noms, monsieur le plaisantin ? Neugebauer de Berlin, le Dr. Wirth de Berne, l'Anglais Shide, Bathleu, un de vos compatriotes, Zagerelli de Milan. Et la série peut être allongée... Tous ont trouvé une mort mystérieuse et terrible en voulant approcher la simiesque divinité.

» Et vous n'avez qu'à ouvrir le plus simple manuel de l'Ecole des langues orientales de Paris pour y lire quelque entrefilet sur la puissance occulte, mais réelle, du dieu Hanumān. Votre gardien a dû lui déplaire d'une façon ou d'une autre, voilà ce que je dis, moi !

Le directeur haussa les épaules avec désespoir. Il n'osait contredire un savant comme Mr. Lummel, pourvu de si puissantes recommandations.

Pourtant, Harry Dickson ne riait pas, et ses yeux allaient rêveusement de la statue au colérique orientaliste.

— Une incarnation, dit-il comme en se parlant à soi-même. Eh oui !... Pourquoi pas, après tout ?

Mr. Lummel entendit ces mots et son humeur se fit plus accommodante. Il croyait avoir gagné le célèbre détective à sa fantastique hypothèse.

— Je pourrais vous en raconter bien d'autres, allez, monsieur Dickson, affirma-t-il. Si jamais vous allez à Bruges, venez me voir et je vous raconterai, avec preuves à l'appui, de bien tragiques épisodes de l'histoire d'Hanumān.

» Maintenant, il faudra m'excuser. Il faut que j'aille terminer mon étude sur les mages assyriens. Le British Museum peut m'apprendre différentes choses à leur sujet, aussi étonnant que cela puisse paraître.

Après un bref instant, il s'éloigna en sautillant dans les immenses galeries, vides et sonores.

Le directeur hocha la tête.

— Un original, un fou peut-être, mais un savant, murmura-t-il.

Un employé s'approcha d'eux, puis murmura quelques mots à l'oreille du directeur. Celui-ci sursauta.

— Monsieur Dickson, le ministre des Beaux-Arts viendra ici, en personne. Il sera accompagné de son collègue de l'Intérieur.

— Ah bon! fit le détective avec ennui. Une conférence officielle, voilà qui va me faire perdre du temps.

Le fonctionnaire parut embarrassé.

— Je vous en prie, restez. Cela me sera d'un grand réconfort.

— Soit, dit le détective en le suivant vers le bureau directorial. Perdons une heure, deux s'il le faut. On ne froisse pas impunément les grands de la terre. N'est-ce pas, monsieur le directeur?

Celui-ci ne put qu'approuver avec force.

Il ouvrit une boîte d'Henry Clays et força le détective à prendre un verre d'excellent whisky.

— Cela va faire du bruit dans Landerneau, déclara-t-il pour dire quelque chose, car la conversation languissait et Harry Dickson avait pris sa mine la plus renfrognée.

— Dans Landerneau seulement? riposta ce dernier avec un peu d'aigreur. Je vous dirai, moi, que cela va courir le monde.

— Mais on étouffera, monsieur Dickson, on étouffera cette sotte affaire!

— Un triple meurtre, compliqué de vols sans nombre, que vous êtes parvenu à tenir cachés jusqu'ici? Je ne le crois pas! Et puis, ce n'est pas à cela que j'en ai, monsieur le directeur. J'ai l'impression fort nette que cette vague criminelle va s'amplifier, faire une formidable tache d'huile, englober le monde!

— Ciel, que me dites-vous? s'écria le directeur, alarmé. C'en est fini de notre tranquillité.

Harry Dickson eut une moue méprisante; il ouvrait la bouche pour quelque cinglante riposte, quand un bruit de galopade à travers les couloirs lui fit prêter l'oreille. L'instant d'après, on frappait violemment à la porte du cabinet.

— Entrez! Qu'y a-t-il? demanda le directeur avec impatience.

Le gardien-chef entra, le visage bouleversé. Il balbutiait, incapable de s'exprimer distinctement. Harry Dickson, sans rien dire, lui tendit son verre à moitié plein de whisky que l'homme avala goulûment.

86

— Parlez, ordonna le directeur.

L'homme passa la langue sur ses lèvres brûlantes.

— Les gardiens allaient prendre leur poste de jour, il y a quelques minutes, quand tout à coup un cri épouvantable s'est fait entendre. Il semblait venir de la galerie assyrienne. Pourtant, il n'y avait personne par-là, mais un de mes hommes me dit qu'on avait vu se diriger dans cette direction le petit vieux qui depuis un mois vient ici tous les jours. Il avait dû recevoir une autorisation spéciale de vous, monsieur le directeur.

Celui-ci approuva du geste.

— On courut donc à la salle assyrienne, reprit le gardien-chef, et voilà que nous vîmes, au pied de la grande statue de fer de Moloch, une grande flaque de sang toute fraîche et, un peu plus loin, le chapeau gibus du visiteur, tout aplati, ainsi que ses lunettes, réduites en poussière... Quant à l'homme, on n'en a retrouvé trace.

— Un nouveau crime! gémit le haut fonctionnaire. Mr. Lummel a dû être assassiné! Que faire, mon Dieu? Un homme pourvu de telles recommandations. Oh! cela va faire un tintouin inimaginable!

Harry Dickson avait écouté d'un air impassible. Seules, ses lèvres s'étaient pincées et son regard avait pris une expression presque effrayante.

Tout à coup, le téléphone se mit à sonner. Le directeur décrocha, écouta un instant et eut un haut-le-cœur.

— Je crois que je vais démissionner, hurla-t-il, sinon je vais devenir fou! Savez-vous ce que l'on vient de m'apprendre? Lorsque l'ambulance, transportant le blessé Willis à la clinique voisine, est arrivée à destination, on l'a trouvée vide et notre gardien envolé!

— Attendez! Qui vous téléphone? demanda le détective.

— Scotland Yard, je crois... Je vous passe l'appareil.

— Allô! Ici Harry Dickson... Ah! c'est vous, Goodfield? En effet, je suis au British Museum. Comment cela s'est-il passé? C'est à moi de vous le demander! On ne sait rien? Un embouteillage à cent mètres de l'hôpital? Un embarras de voitures pendant lequel on enlève le passager de l'ambulance pour le jeter dans une automobile. Le coup classique, quoi... Enfin, nous verrons... Comment dites-vous ? Tom Wills a téléphoné à Scotland Yard ? Bon, je raccroche. Je vous verrai tout à l'heure.

Immédiatement, Harry Dickson se mit en communication avec son home de Backer Street.

Au bout du fil, la voix de Tom Wills résonna bientôt, angoissée :

— Venez vite, maître. L'Enfer s'est déchaîné !

3. L'Enfer s'est déchaîné

En arrivant chez lui, Harry Dickson vit immédiatement ce qui s'y passait de tragique.

Tom Wills était là, blême et quasi défaillant, le superintendant de Scotland Yard, Goodfield, presque aussi pâle que lui, puis un jeune inspecteur que Dickson connaissait depuis quelque temps, Gordon Latimer, un garçon d'avenir. Ce dernier tenait son mouchoir devant la bouche et avait de la peine à réprimer de houleuses nausées.

— Mon Dieu, qu'avez-vous ? gronda le détective. En voilà des figures de papier mâché !

Sans dire un mot, Tom Wills lui montra sur le plancher une petite malle ouverte, sur laquelle le détective se pencha aussitôt, en ayant lui-même beaucoup de peine à réprimer une exclamation et un geste d'horreur. Cinq têtes humaines, exsangues, hideuses entre toutes, y grimaçaient.

— Les reconnaissez-vous, monsieur Dickson ? murmura Goodfield.

Surmontant son dégoût, le détective les examina longuement.

— Il me semble... fit-il. La mort les a affreusement déformées... Mais oui, voilà le professeur Lenvil. Et celle-ci... c'est celle de Mycroft Graham, le collectionneur...

Oh! Lord Shortbury, un des membres le plus en vue du Parlement!

— Et la tête d'Arthur Blackwater, compléta Goodfield d'une voix sombre. Quant à la cinquième, c'est par hasard que je suis parvenu à l'identifier. J'ai assisté, il y a quelques semaines, à une conférence sur l'Inde, dans un auditoire de Kensington. Le conférencier était un jeune explorateur de grand avenir : Edgar Drummond, si je ne me trompe.

— En effet, chargé de mission par le gouvernement britannique à Lahore, puis dans l'Himalaya, ajouta Harry Dickson.

— Voilà sa tête! dit Goodfield tout bas.

Un lourd silence tomba. Le grand détective avait détourné les yeux et suivait, du regard, les nuages d'automne glissant dans le ciel bas.

— Comment ce colis est-il arrivé ici? demanda-t-il.

— C'est un commissionnaire qui l'a remis à Mrs. Crown, répondit Tom Wills. Il disait que c'était très urgent, et j'ai ouvert la malle...

— C'est tout?

— Il y avait une lettre... La voici... Elle est effrayante...

C'était une simple feuille de papier, glissée dans une enveloppe commerciale ; la missive, composée à l'aide de caractères d'imprimerie, contenait ces simples mots :

Il y a encore une place pour une tête dans la malle, ce sera celle d'Harry Dickson.

Le détective resta un moment songeur.

— Ce ne sont pas des caractères d'impression anglais, constata-t-il soudain. Où diable puis-je les avoir vus récemment?

Tout à coup, il se frappa le front et tira son portefeuille de sa poche. Il en sortit un petit triangle de papier journal et le compara avec la lettre menaçante.

— C'est bien cela! dit-il après un bref examen.

Mr. Goodfield s'approcha avec curiosité.

— C'est un journal français, dit-il.

— En effet... Je viens de trouver ce bout de papier au

British Museum, à côté du cadavre du gardien de la salle des divinités hindoues.

— Il ne nous apprend rien, dit l'inspecteur Latimer après avoir regardé à son tour. Du moins à ce qu'il me semble...

— Oh si, répondit négligemment Harry Dickson. Il nous apprend beaucoup de choses au contraire, notamment qu'il présente une certaine importance pour la personne l'ayant eu en sa possession. Regardez, une section en est parfaitement nette : elle a été faite aux ciseaux. Le bout provient donc d'une découpure, et ne découpe un article de journal que celui qui y a découvert de l'intérêt. Les autres côtés sont irréguliers. Ils ont été déchirés à la main. Pourquoi ? L'homme qui l'a manipulé a dû avoir besoin d'un petit bout de papier. Ou bien il a déchiré la coupure dans un mouvement de colère, parce que son contenu lui déplaisait. C'est à cette dernière idée que je m'arrête, car le papier semble avoir été fripé nerveusement.

— Voyons le texte, dit Goodfield.

Ils examinèrent ensemble le recto et le verso du fragment de journal.

Recto	Verso
Le de	AIRES
sur l	
toyen	
les mi	RE !
time qu	
le ouv	mas
du sa	y de
les trai	Zola
de songe	
les admet	ouvant
convaincu	
loin enco	
elle de j	vres ma
vrages son	onde vou-
l'on ne trou	thèque
rien qui vai	

                    monde savan
                    bonnes d'enf
                    qui adorent
                    min de la fable
                    prendre à fris
                    nous rallier à
                    naire bon sens
                    celle de la

— Cela vous dit quelque chose, monsieur Dickson?
demanda Mr. Goodfield.

— Assez, et je compte bien que ce fragment m'aidera
puissamment dans mes recherches. Le recto est, à mon
avis, un passage d'une critique. Voyez: *admet*, qui doit
être un tronçon d'«admettre», *convaincu, loin encore...*
car je complète quelques mots mutilés et faciles à recons-
tituer. *Vrages*, c'est la dernière partie d'ouvrages. *L'on ne
trouve...* Puis: *rien qui vaille, monde savant...* Voilà deux
mots qui auront le leur à dire, quand le moment sera
venu... *fable... nous rallier à... bon sens!*

» Tout cela sent à dix pas l'article d'un critique, et même
d'un critique littéraire. Et le verso confirme mes supposi-
tions.

» C'est une publicité et, notamment, une publicité de
libraire.

— Comment cela? demanda Latimer, avide de comprendre.

— Facile, mon petit, enfantin même. Le nom *Zola* en
toutes lettres, puis les tronçons *onde vou*, c'est-à-dire
«tout le monde voudra». *Thèque*, c'est bibliothèque. Et
voulez-vous la phrase complète? La voici: Tout le monde
voudra avoir ces livres dans sa bibliothèque.

» Cela limite formidablement le champ de nos recherches. Le journal en question est un journal littéraire. Ils
sont nombreux, je l'avoue, hélas! Mais nous trouverons
bien le critique qui prône si violemment les œuvres
d'Emile Zola! Et puis, les visiteurs lisant des journaux littéraires de France ne sont pas forcément nombreux au
British Museum!

» En tout cas, Tom, voici de l'ouvrage pour vous:

demandez à l'Argus de la presse tous les journaux littéraires paraissant en France, et comparez les caractères d'imprimerie. C'est une besogne de bénédictin, je l'avoue, et j'espère que vous n'en aurez pas jusqu'au jour du Jugement dernier. Mais je dois vous apprendre que l'on devient vite expert en la matière, et la besogne peut se mener rondement.

Ce disant, Dickson tendit le fragment de journal à son élève.

— Et maintenant, si nous nous occupions de ces sinistres débris, dit Goodfield avec un frisson, en désignant la malle aux têtes coupées.

L'atmosphère redevint plus lourde et, de nouveau, l'angoisse plana.

— Ordinairement, dit Harry Dickson, le visage d'un mort reprend, après le trépas, une expression de sérénité étonnante. Les têtes des suppliciés, tombées sur l'échafaud, sous le tranchant du couperet de la guillotine, ont une expression paisible. Tel n'est pas le cas ici ; les affres d'une agonie abominable demeurent sur les visages. Cela me rappelle…

Le détective se prit la tête entre les mains, réfléchissant profondément.

— Eh oui, continua-t-il d'une voix sourde, cela me rappelle une scène atroce à laquelle j'ai assisté en Chine : un bandit auquel on avait appliqué le supplice des vingt-quatre heures. Pendant une journée entière, le condamné devait rester en vie, pendant que le bourreau lui sectionnait le cou, fibre par fibre, en épargnant les carotides et la colonne vertébrale, qui ne furent tranchées qu'à la dernière seconde. Tout cela est atrocement oriental.

Tout à coup, il sursauta.

— Oriental ! s'écria-t-il. C'est bien cela ! Tout converge vers ce mot !

Goodfield eut un signe d'acquiescement.

— Oui, continua Harry Dickson, les vols du British Museum ont eu lieu dans les sections orientales, et les crimes qui y ont été commis également. Les têtes, que l'on vient de nous envoyer d'une façon aussi effroyable, sont celles d'orientalistes en renom. La cruauté infernale et raffinée qui semble avoir présidé à leur fin est, elle aussi, tout orientale !

— Cela limite donc à nouveau le champ des recherches, hasarda Latimer.

Harry Dickson fit la moue.

— L'Orient, et tout ce qui s'y rapporte, est un domaine bien vaste, répondit-il évasivement.

Tout à coup, on cria dans l'escalier :

— Monsieur Dickson ! Monsieur Dickson !

— C'est la voix de Mrs. Crown, notre gouvernante, dit le détective. Qu'est-ce qui peut bien la faire sortir ainsi de ses gonds ?

Tom Wills entrebâilla la porte et vit dans le corridor la bonne femme lui adresser des signes mystérieux.

— Le commissionnaire, haletait-elle, qui a apporté tout à l'heure une petite malle et qui avait l'air si pressé et si drôle... Je me suis méfiée de lui dès que j'ai vu sa tête !

— Eh bien ? s'impatienta son maître, dites vite.

Mais Mrs. Crown était lancée et l'on freinait difficile-ment son bavardage.

— Une sale tête bouffie, toute jaune, comme ceux qui ont fait un très long séjour en prison et qui viennent à peine d'en sortir. Je me suis dit...

— Plus tard ! coupa Harry Dickson... Le commission-naire, dites-vous ?

— J'étais allée chercher un gigot pour le déjeuner, continua imperturbablement la digne matrone, et le mou-ton du boucher de Bakerstreet ne me convient pas. Je vous assure qu'il nous vend du frigo pour de la viande fraîche. Il faudra vous occuper de ce gaillard-là un jour ou l'autre, monsieur Dickson.

» Donc, malgré mes vieilles jambes, j'ai poussé une pointe jusque Marylebone, où se trouve une boucherie convenable, tenue par un brave Ecossais qui ne vole pas trop son monde, ce qui est bien étonnant, n'est-ce pas ? Voilà que, par hasard, je regarde à l'intérieur d'une petite taverne à l'enseigne du «Joyeux Maçon», et qui vois-je, mon Dieu, ivre comme toute la Pologne et s'envoyant du whisky par pintes ? Le vilain commissionnaire...

Déjà Dickson et les deux policiers de Scotland Yard ne l'écoutaient plus. Ils se ruèrent littéralement dans la rue, hélèrent un taxi qui maraudait et se firent conduire à toute allure vers Marylebone.

... Une heure plus tard, Mr. Jim Pike, repris de justice dangereux dont le casier judiciaire totalisait un nombre respectable d'années de réclusion criminelle, réintégrait la cellule de Newgate qu'il n'avait quittée que depuis quelques semaines.

Mr. Jim Pike jurait ses grands dieux qu'il ne savait rien, que Mrs. Crown était une vieille folle, qui le prenait pour un autre.

Poussé dans ses derniers retranchements, il finit par déclarer hargneusement qu'il ne dirait plus rien, qu'il préférait la mort très douce, par le collier de chanvre, que par... que par...

Et ici, il se tut brusquement, lançant un regard peureux autour de lui.

Rien ne put tirer Mr. Jim Pike, dit Tête-de-Rat, de son mutisme obstiné ; mais on avait trouvé dans sa poche trente livres en beaux billets de la Banque d'Angleterre et huit souverains en or ; somme formidable pour un libéré !

4. Le piège

Le détenu se retournait fiévreusement sur sa couche.

L'horloge du centre de la grande prison venait de sonner dix heures ; le gardien de nuit faisait sa ronde.

Jim Pike l'entendait marcher de cellule en cellule, ouvrir le guichet pratiqué au milieu des lourdes portes blindées de fer pour inonder les dormeurs du jet blanc de sa puissante lanterne à acétylène.

A son tour son guichet s'ouvrit et Mr. Pike, dit Tête-de-

Rat, poussa un ronflement sonore, qui devait être de nature à rassurer le plus méfiant des geôliers sur les intentions nocturnes du détenu : suicide ou évasion.

Mais, à peine l'ombre s'était-elle refaite dans l'étroit réduit, que le prisonnier redressa sa tête rasée et regarda méditativement le verre cannelé de la petite lucarne où s'encadrait un tremblant croissant de lune.

— Une heure encore, murmura-t-il. Par l'enfer, c'est plus long qu'une année ! Et j'ai la trouille ! Ah ! oui, je l'ai ! J'ai grande envie de m'endormir et de laisser aller les choses.

A midi, il avait retiré de sa gamelle, aux trois quarts remplie d'une infecte purée de farine d'avoine, un minuscule tube en carton, qui contenait un billet roulé... Une lettre, et quelle lettre !

Jim ! Vos amis vous savent gré de votre silence et ils ont encore besoin de vos services. A onze heures du soir, poussez votre porte : elle sera ouverte. Il n'y aura personne dans le couloir. Le gardien de nuit sera de ronde dans l'aile B. Allez au fond de l'aile A. Dans la niche des fanaux de secours, derrière les lampes, il y a une clef. Elle ouvre la porte de la cour A. Dans le premier promenoir de cette cour, il y aura un paquet contenant des vêtements de ville et une corde avec un crampon. Suivez le chemin de ronde jusque derrière l'infirmerie. Escaladez le mur ; il est bas. Il y a un sac plié contre la fontaine pour mettre sur les tessons qui hérissent le faîte du mur. Venez où vous savez.

Détruisez complètement ceci.

P.S. Il y a des tas d'argent à gagner, si vous fermez toujours votre vilain bec.

— Ils ont tout prévu, avait murmuré le réprouvé. Quels hommes !

Jim avait appris le billet par cœur, puis il l'avait avalé. Le tube de carton fut un peu dur à passer et lui coûta quelques grimaces. A l'heure actuelle, il lui pesait encore sur l'estomac.

— Il me faudra pas mal de whisky pour en faire passer le goût, ricana-t-il.

A mesure que l'heure avançait, il devenait plus nerveux ; il répétait mentalement les instructions reçues, s'embrouillait dans les termes, accusant sa mémoire. Il avait une peur bleue de confondre ou d'oublier les indications.

Jim, dit Tête-de-Rat, n'aurait pas reculé devant le crime le plus ignoble, et certainement il en avait à son actif que la justice anglaise ne lui avait pas encore réglés ; mais, à présent, il tremblait d'effroi.

— On ne pourra jamais faire plus que de me pendre, se répétait-il sans cesse.

L'heure avançait. Jim tendait l'oreille, espérant entendre le pas furtif de l'allié mystérieux qui devait ouvrir sa porte.

Il n'entendit rien et se prit à jurer sourdement, car il entendait les pas du veilleur se perdre dans les profondeurs sonores de l'aile B.

Onze heures !

Il compta les coups... Oui, il y en avait bien onze.

Se serait-on moqué de lui ? Le coup était-il raté ? Il grinça des dents et des larmes de rage lui vinrent aux yeux.

Pourtant, machinalement, il s'était levé, avait enfilé ses grossières chaussettes de coton et endossé sa veste de bure.

En hésitant, il frôla la porte, la tira à lui.

Elle vint doucement... découvrant le couloir étoilé d'une petite ampoule rougeâtre.

— Alors, ce serait vrai tout de même ? murmura-t-il, la gorge sèche.

Comme une couleuvre, il se glissa le long de la galerie dallée de granit bleu, jetant un regard apeuré par-dessus son épaule vers la tour de guet du centre. Il y vit la confuse silhouette d'un veilleur endormi et cela le rassura. Quelques pas encore et l'ombre le protégerait.

D'une main fébrile, il explora la niche aux fanaux ; dans son énervement, il faillit renverser une des lampes, mais il trouva la clef.

— C'est trop beau ! gronda-t-il en ouvrant la porte de la cour. Voyez-vous que d'ici quelques minutes je m'éveille et que tout cela ne soit qu'un de ces rêves que l'on fait trop souvent en taule! Par le diable, combien de fois ne me suis-je pas enfui de la sorte, en songe?... Chaque fois, on se réveille, à la sonnerie de cinq heures, dans un cachot fermé à triple tour!

Mais non, Jim Pike ne rêvait pas, car l'air pluvieux de la nuit lui fouetta le visage et, bientôt, dans le premier promenoir, sa main tâta le paquet promis. Un peu de calme lui revint.

Les gens qui le faisaient agir comme une mécanique bien huilée et bien agencée avaient tout prévu : ils ne pouvaient faire d'erreur! Il aurait pu chanter et crier, il serait quand même sorti de Newgate!

Il se garda pourtant bien de faire le moindre bruit, et quand le grappin, jeté d'une main experte au-dessus de la muraille du chemin de ronde, accrocha, mordit et permit au détenu de tendre la corde, il eut à peine un ricanement de mépris pour la sinistre maison qu'il quittait.

Dans l'ombre de la poterne du mur sud de la prison, des hommes parlaient à voix basse.

— C'est sous votre responsabilité, monsieur Dickson, dit une voix maussade, qui appartenait au directeur de la prison. N'oubliez pas que cet homme sera certainement condamné à mort par les juges ; on a découvert plus d'un motif, depuis son arrestation.

— Il me semble que le ministre de la Justice a donné des ordres bien précis à ce sujet, monsieur le directeur, répondit ironiquement le maître.

Le fonctionnaire sentit la pointe et s'inclina.

— C'est vrai, monsieur Dickson. Je n'ai qu'à obéir. Mais c'est tellement à l'encontre de tous les usages!

— En attendant, c'est un ordre, répliqua hargneusement Mr. Goodfield, qui se tenait dans le coin le plus sombre, mais dont les yeux ne quittaient pas le faîte de la muraille. Comme il tarde! J'espère qu'il a compris et qu'il marchera. Tout a été fait comme on l'a dit?

— Tout, dit brièvement le directeur.

— Le billet dans la gamelle !

— Je l'y ai mis en personne et c'est moi-même qui ai fait la ronde à dix heures. La serrure de sa cellule avait été inondée d'huile.

Tout à coup, ils dressèrent l'oreille. Un léger grincement, à peine perceptible, venait de leur parvenir.

— En tout cas, il travaille en silence, dit Goodfield avec satisfaction.

— Taisez-vous ! ordonna Dickson. Je le prendrai moi-même en filature.

Un homme sauta dans la rue.

Il était vêtu d'un méchant complet de confection et coiffé d'une casquette de jockey. Il jeta un long regard dans la rue déserte, sans apercevoir les hommes qui suivaient le moindre de ses mouvements, en retenant anxieusement leur souffle.

Puis, tout à coup, il se mit à courir.

Mais une ombre se détacha de la nuit et se mit rapidement à le suivre.

Ce fut une filature bizarre.

L'évadé filait bon train, sans détours ni crochets, se hâtant d'arriver quelque part. Il se dirigeait droit vers les quartiers mal famés de la River. A un moment donné, Dickson le vit hésiter devant un bar dont les fenêtres luisaient encore dans la nuit, fouiller ses poches, puis secouer la tête d'un air mécontent et reprendre sa course.

Un instant, Harry Dickson eut peur : il vit les premières fumées du brouillard ondoyer dans la rue : Jim plongerait-il dans l'obscurité complice ?

Mais une brise se leva et chassa la brume ; le détective respira.

Jim Pike venait de s'enfoncer dans le quartier morose de Shadwell. Son pas était devenu moins pressé. Il semblait vouloir prendre des précautions car, pendant un quart d'heure, il tourna par les ruelles solitaires pour revenir sans cesse sur ses pas.

Enfin, il sembla prendre une résolution et, d'une foulée

légère, marcha vers une grande maison obscure, blottie dans un renfoncement ombreux.

Tout à coup, il disparut.

Harry Dickson ne vit pas comment, mais il entendit le bruit d'une porte que l'on fermait avec précaution.

D'un bond, le détective gravit un haut perron de six ou sept marches et se trouva devant une porte de chêne artistement travaillée.

— Ce sont de vieilles serrures, souvent diablement compliquées, marmotta le détective en faisant jouer son passe-partout.

Il n'eut pas trop à se plaindre de la serrure car, après quelques tâtonnements infructueux, elle s'ouvrit et Harry Dickson pénétra dans un corridor où stagnait une lourde odeur de moisissure.

« Cela ne m'a pas l'air d'être très habité », se dit-il.

Il entendit le pas de Jim parcourir les étages, des portes s'ouvrir, puis il distingua la lueur lointaine d'une allumette frottée.

L'escalier, tout comme la porte, était en bon bois de chêne et ne poussa aucune plainte quand le détective le gravit.

Une odeur de pétrole lui parvint et un carré jaune parut, indiquant une porte ouverte sur le palier.

Le détective s'avança en rampant et, bientôt, il put jeter un coup d'œil dans la chambre. Elle était grande et presque nue.

Des meubles disparates la meublaient pauvrement.

Une lampe, fraîchement allumée, fumait sur un coin de la cheminée. Dickson vit Jim, qui lui tournait le dos, occupé à explorer consciencieusement les profondeurs d'un placard.

Alors, le détective eut soudain l'impression d'une présence insolite et, presque aussitôt, une horreur sans nom s'empara de tout son être.

Dans la lueur de la lampe, il vit une longue chose sombre jaillir du plafond de la chambre, s'y balancer un instant et s'approcher de Jim.

Dickson eût voulu crier, mais aucun son ne sortit de sa gorge.

La chose était un long bras de singe, immensément long, terminé par une main hideusement crochue.

La griffe fit un geste rapide et le détective entendit un râle.

Jim, dit Tête-de-Rat, venait d'être happé par elle. L'instant d'après, il s'écroula sur le plancher, la gorge broyée.

L'espace d'une seconde, Dickson hésita puis, tirant son revolver, il visa le bras qui se relevait lentement, remontant vers le plafond, et par deux fois il tira. Il entendit un petit gémissement aigu, puis un bruit aérien de fuite. Déjà, il s'était emparé de la lampe et en tournait la lumière de tous les côtés. La chambre était vide ! Nulle ouverture ne se dessinait au plafond susceptible de laisser passage à un être, ou même à un bras de singe. Le placard ne dissimulait personne et n'avait aucun fond truqué.

Dickson se pencha sur l'évadé, mais vit que tout était fini... Mr. Pike avait rendu sa vilaine âme et allait devoir des comptes à un juge autrement redoutable que celui d'Old Bailey.

— Je ne vais pas me laisser abuser par des tours de passe-passe, gronda Harry Dickson.

Il parcourut la maison, qui était vide et poussiéreuse. Seules, les empreintes des pas de Jim se mêlaient, dans la poussière épaisse, à celles du détective. Les caves étaient à moitié remplies d'une eau nauséabonde.

Dickson se retrouva dans le corridor, penaud et furieux.

Il se dirigea vers la porte... Tout à coup, le sol céda sous lui et il disparut dans des ténèbres profondes.

... Quand Tom Wills et Goodfield, alarmés par sa longue absence, se mirent le surlendemain en quête de lui, en suivant les signes dont il avait parsemé sa route, ils parvinrent enfin, à Shadwell, devant les décombres fumants d'une vieille maison, détruite jusqu'à ses fondations et que les pompiers abandonnaient.

5. La sixième tête

Les jours se passèrent dans un morne abattement pour Tom Wills.

Goodfield venait souvent, il prenait place à côté du feu, allumait sa pipe et ne trouvait que de bien vagues paroles de consolation.

Mrs. Crown fut la seule à leur remonter un peu le moral : l'excellente femme arrivait à tout propos, leur servant un grog de vin chaud, s'ingéniant à trouver des petits plats choisis auxquels Goodfield seul faisait honneur, et elle répétait que le maître en avait vu bien d'autres.

Il est vrai que, cela dit, la bonne femme se hâtait de regagner sa cuisine pour s'y lamenter toute seule... Elle aussi avait perdu confiance.

Les décombres de la maison n'avaient rien révélé de leur mystère. Pourtant, ils avaient rendu un canif tordu par le feu, qui avait appartenu au détective. Cela ne faisait que prouver sa présence dans la demeure fatale.

— Mais s'il était mort, on aurait retrouvé ses os calcinés, affirmait Goodfield. Donc, on a dû l'emmener !

En vain, ils battirent Shadwell, fouillèrent les moindres recoins de ce quartier misérable, questionnèrent les agents de service, les habitants, les voyous qui hantaient les lieux. Ils n'apprirent rien de nature à pouvoir les engager sur une piste sérieuse.

Le cinquième jour après l'évasion truquée de Jim Pike se leva, trouvant Tom Wills plus découragé que jamais. Il s'était installé devant une importante liasse de journaux littéraires, venus de France, et les compulsait dans l'espoir d'y découvrir une piste, grâce à la coupure mutilée que Dickson avait trouvée dans la salle des divinités hindoues.

Voilà qu'une voix joyeuse retentit dans le corridor,

demandant si l'on pouvait entrer dans la tour d'ivoire du célèbre Harry Dickson.

La porte fut poussée, livrant passage à un grand garçon glabre, aux yeux rieurs.

— Bonjour, Tom Wills !

Le jeune homme leva des yeux maussades sur l'intrus, mais il le reconnut et un sourire plissa ses lèvres.

— Edward Van Buren !

— C'est moi, mon vieux Tom !

Une violente émotion s'empara de Tom et, tout en larmes, il étreignit la main de Van Buren.

Celui-ci était le fils d'un richissime armateur d'Anvers, dont Harry Dickson était parvenu à sauver la fortune des griffes d'un trust de bandits.

La famille Van Buren était restée, depuis lors, dévouée corps et âme au grand détective, surtout le jeune Edward, qui avait pris une part active à l'action énergique de Dickson et de son élève.

Ils avaient maintenu leurs relations et, à chacun de ses passages à Londres, Edward ne manquait jamais de pousser une pointe jusqu'à Baker Street, où on le recevait à bras ouverts.

C'était un grand et beau garçon, amoureux de la vie, fou d'aventures. Malgré sa colossale fortune, il détestait l'oisiveté et faisait de longs voyages à bord de son splendide yacht *La Flandre* ; c'était, du reste, un excellent écrivain à ses heures et les récits de ses croisières, qu'il avait publiés dans quelques revues, avaient obtenu un succès très vif.

Tom Wills lui raconta, rapidement, les événements des derniers jours, et van Buren l'écouta avec attention. Quand Tom lui montra l'énorme paquet de journaux littéraires, il eut un furtif sourire.

— Cela me connaît, dit-il, et si, jusqu'ici, vous n'avez rien trouvé là-dedans, il ne faut pas vous désespérer : n'oubliez pas que nombre de publications de ce genre paraissent en Belgique. Voyons un peu, montrez-moi cette découpure...

Il y avait à peine jeté un coup d'œil qu'il poussa une

exclamation de surprise et se mit à arpenter fiévreusement la chambre en déclarant :

— Je connais ces caractères d'imprimerie ! Bien plus,
je connais cette annonce, figurant au verso : c'est celle
d'un libraire brugeois, De Groote, si je ne me trompe.
Quant à la feuille elle-même, c'est *Le Flambeau de Bruges* !
J'y collabore assez souvent et j'en possède même une collection complète à bord de mon yacht.

— Oh, dit Tom, ne perdons pas une minute. Allons voir
cela...

— Nous allons gagner du temps, répondit Edward van
Buren : *La Flandre* est amarrée tout près de Tower
Bridge. Je vais téléphoner à un café du quai et donner des
ordres à mon quartier-maître.

Quelques minutes plus tard, on avait le marin au bout
du fil et Van Buren lui commandait de prendre la collection complète du *Flambeau*, de sauter dans la première
auto venue, de promettre un pourboire princier au chauf-
feur, et d'arriver sur l'heure à Baker Street.

Tom avait à peine fini le récit tragique de la disparition
de Dickson et de l'envoi des têtes coupées, que le quartier-maître s'annonça, porteur des feuilles demandées.

Ils se mirent à les compulser fiévreusement.

— La publication doit être récente, à voir la fraîcheur
relative de l'encre d'imprimerie, remarqua Van Buren...
Ah ! voici ce que nous cherchons. Lisez donc, monsieur
Wills.

Tom compara un article avec la coupure trouvée.

— C'est bien cela ! s'écria-t-il.

Recto

*Le dernier livre qui vient de paraître sur les travaux de notre
savant concitoyen le Dr. Lummel n'a pas été reçu, dans les
milieux compétents, avec la même estime que d'ordinaire.
La critique raille ouvertement les étranges théories du
savant orientaliste ; elle va jusqu'à les traiter d'audacieuses
fictions et de songes creux. Il sera difficile de les admettre,
dit-elle. Même les plus convaincus hésiteront. Elle va plus
loin encore : le Dr. Lummel baisse, dit-elle, de jour en jour.*

Ses derniers ouvrages sont de pures élucubrations où l'on ne trouve rien de précis et, même, rien qui vaille, pour attirer l'attention du monde savant; c'est de la littérature pour bonnes d'enfants, concierges ou écoliers qui adorent le frisson, tout comme le gamin de la fable de Grimm, qui voulait apprendre à frissonner. Nous ne pouvons que nous rallier à l'expression du plus ordinaire bon sens, qui semble être aujourd'hui celle de la critique.

— Dire que le maître avait prévu cela! s'écria Tom, avec des larmes dans la voix, en reposant la feuille.

— Le Dr Lummel... fit Edward Van Buren d'une voix songeuse.

— Le savant disparu au British Museum! s'exclama Tom Wills.

— Hum! dit Van Buren. Un étrange gaillard, bien que je le connaisse fort peu. Mais tout cela me fait supposer que la piste doit nous mener à Bruges.

— Partons! s'écria impétueusement l'élève du grand détective.

— Bien, et ce sera mon yacht qui nous y conduira! Nous allons immédiatement prendre la mer... Ah! attendez donc... Le Dr Lummel est, si je ne me trompe, en relation avec un autre savant, très bizarre lui aussi, le

104

Dr Linthauer. Un homme qui a dû quitter la Chine, après un assez long séjour qu'il y fit, pour des histoires encore fort obscures, mais bien peu édifiantes. Il habite un château dans les environs de Bruges, sorte de vieux manoir féodal au sujet duquel circulent d'horrifiantes légendes. Il s'y cloître, mais s'y entoure d'un tas de gens interlopes, dont quelques-uns d'origine indiscutablement orientale.

— Orientale! s'écria Tom Wills. Le maître avait, à tout bout de champ, ce mot à la bouche.

Edward Van Buren restait songeur.

— Oui, cela semble vouloir converger vers tout ce qui est «oriental» et, en même temps, vers... Bruges. Il y a plus encore: au sortir du port de Zeebrugge, dans la nuit, un yacht, navigant tous feux éteints, me croisa au large du môle. Il faillit me couler bas et me passa à fleur d'étrave. Furieux, je fis donner le projecteur et je lus sur l'étambot: *Siddhartha*. Or, le yacht *Siddhartha* appartient au Dr Linthauer!

» M'est avis qu'il revenait de quelque croisière louche, et qu'il ne doit pas être étranger à cette histoire de têtes coupées.

— Ne perdons pas de temps! s'écria Tom Wills. Vous m'en raconterez davantage en cours de route, Van Buren. Allons explorer ce château des ténèbres à Bruges.

— Je suis votre homme! En plus, j'ai à mon bord une dizaine de robustes matelots flamands, de véritables géants, frustes et vaillants, qui me sont dévoués corps et âme. Allons-y! Si l'étrange Linthauer est pour quelque chose dans l'enlèvement de Harry Dickson, je ne donne pas bien cher de sa peau!

Un violent coup de sonnette ébranla toute la maison.

— Qu'est-ce que c'est? s'écria Tom en ouvrant la porte. Madame Crown, il ne faut pas qu'on nous dérange!

La voix angoissée de la gouvernante lui répondit dans l'escalier:

— Il n'y a personne, monsieur Wills, mais on a déposé un drôle de petit paquet sur le seuil de la porte de la rue. Faites bien attention, ça pourrait être une bombe!

Le colis était de forme cubique et relativement lourd.

Mû par un étrange pressentiment, Tom Wills trancha vivement la grosse ficelle qui l'entourait.

— Van Buren… Je ne sais… Quelque chose me dit que ce paquet… Non, je ne puis l'ouvrir ! Voulez-vous le faire à ma place ? Je pense à l'atroce malle aux têtes coupées.

Sans mot dire, le jeune Belge déballa le paquet.

Une boîte en fer-blanc apparut, dont il fit sauter le couvercle. Une odeur horrible monta vers eux et les fit reculer.

— La sixième tête ! hurla Tom Wills.

Mais aussitôt, ils poussèrent tous deux un rugissement d'épouvante et de rage à la fois, n'en pouvant croire leurs yeux, emplis de l'horreur la plus profonde : c'était la tête de Harry Dickson !

L'assassin inconnu avait donc tenu parole : la tête du grand détective était là, sanglante et grimaçante.

Harry Dickson, le grand détective, le célèbre philanthrope, l'homme qui avait sauvé tant d'existences, secouru les pires détresses en poursuivant le crime dans une lutte sans merci, venait de tomber au champ d'honneur.

Sa tête était là, maculée de sang coagulé, dans ce home tout plein de souvenirs de ses triomphes.

Le crime triomphait sur toute la ligne.

Quand Tom Wills se releva d'un long évanouissement, il vit devant lui, à travers ses yeux brouillés de pleurs, la haute silhouette d'Edward Van Buren.

— Tom Wills, dit le Belge, moins que jamais il faut baisser les bras. Harry Dickson est mort, mais son esprit doit demeurer en nous. Il doit, à cette heure, vous confier une mission sacrée entre toutes : celle de la vengeance ! Venez !

6. Le château de la terreur

La lande de Zeebrugge s'étend, immense et plate, depuis Bruges jusqu'à la mer. C'est une vaste plaine coupée de marécages, de friches et de vastes oseraies. Quelques chemins la traversent, ne servant qu'à un roulage restreint, qu'empruntent surtout les chasseurs, car l'endroit est parmi les plus giboyeux du pays.

La bécassine, le râle d'eau, le canard sauvage, les foulques et aussi les loutres y sont chez eux, s'abritant dans l'épaisse forêt de roseaux et d'ajoncs bordant les eaux marécageuses.

A une lieue marine du canal de Bruges à la mer, qui traverse cette vastitude désolée, se dresse pourtant une habitation solitaire.

C'est une sorte de château féodal qui, au temps jadis, devait plonger ses lourdes assises dans les flots rageurs de la mer du Nord.

L'océan, en se retirant lentement, ruinant Bruges, la Venise du Nord des temps héroïques de la Flandre, la laissa au milieu des terres sablonneuses, encore imprégnées de sel et rétives à toute culture.

Le fort, que les rares habitants avaient appelé le «Château de la Mer», jouit d'une affreuse réputation.

Des hommes sombres et étranges en sont les hôtes, à certaines époques.

Ils viennent de la mer, on ne sait d'où, à bord du sombre yacht *Siddhartha*, dont la silhouette trapue fait une tache d'un noir d'encre sur l'horizon lavé par les pluies nordiques.

Parfois, d'abominables clameurs s'élèvent de l'ancienne forteresse des pirates flamands. Le passant attardé, qui les entend, fait le signe de la croix et se hâte de gagner la grand-route qui mène vers Bruges.

Jadis, les naufrageurs ont dû allumer leurs feux sur la

haute tour qui domine la plaine de sa morgue et de sa menace ténébreuse.

Même les bandes d'oiseaux migrateurs semblent vouloir l'éviter. Leurs grands triangles font un crochet brusque et fuient vers les miroirs glauques des marécages plus éloignés.

Le soir d'automne tombait, éveillant des ombres précoces ; la dernière lumière s'éteignait sur la mer. Deux tadornes, voyageant de concert, lançaient de temps en temps un nasillement funèbre dans la solitude vespérale, repérant un endroit propice pour leur gîte de la nuit.

Vers l'ouest encore teinté du sang du jour, une troupe de grues, voyageant au ras de la nue, criaient à la mort. Un héron passait dans un vol ondoyant, un butor rauqua dans le soir.

Les fenêtres du Château de la Mer s'allumèrent une à une, yeux de flamme dans un visage de ténèbres.

— Il y aura à nouveau du vilain dans ce repaire du diable, murmuraient les pêcheurs qui venaient de mettre leurs barques au repos dans le chenal de Zeebrugge.

Et ils se hâtèrent de regagner les chaudes tavernes de Heyst.

Ils ne croyaient pas si bien dire.

Le château semblait vraiment être en fête.

Dans les chambres, de grands feux de bois étaient allumés et des hommes et des dames se dépêchaient de s'y mettre en habit de soirée.

On aurait dit, en voyant étinceler les riches parures d'or et de diamants au cou des invitées et les impeccables smokings et habits qui moulaient le torse des messieurs, qu'un monde choisi s'y réunissait en vue d'un festin de gala.

Pourtant, en observant de près les figures de tous ces gens, on aurait hésité avant de conclure.

Les hommes avaient de vilains visages basanés, leurs barbes étaient noires comme du jais, des lueurs inquiétantes palpitaient au fond de leurs yeux sombres. Le visage des femmes était dur et cruel, quelques-unes ayant

dû recourir aux bons offices du fard et des couleurs arti-
ficielles pour masquer de véritables mines de goules et de
furies.

— On va rire ce soir, Raffud-Singh, grinça l'une des
viragos, qui portait une toilette de satin blanc, en se tournant vers un long escogriffe à gueule de gorille. Je crois
qu'on n'aura jamais tant ri que ce soir.

— Tais-toi, gronda l'homme. Je ne sais vraiment pas
pourquoi le patron admet à cette fête des créatures
comme toi et tes compagnes, ramassées dans les plus
ignobles bouges des ports.

— Dis donc, s'exaspéra la femelle, avec ton nom à coucher dehors, tu me rends malade. On a travaillé pour le
grand singe...

— Tais-toi! Ne prononce pas ce nom-là! Il pourrait
t'en cuire! rauqua l'homme en un anglais douteux,
émaillé de sabir.

— On ne le mangera pas! Les Yanks mettent le singe
en boîte et, moi, je ne mange pas de conserves, ricana-
t-elle. En tout cas, nous avons travaillé pour lui, on a lavé
des perlouses et que sais-je, moi! Alors, il faudra qu'il
nous aboule notre part de pognon!

L'homme se détourna en marmottant des injures.

— Plus souvent que je me priverai du spectacle, grinça
la femme en donnant une tape à sa longue traîne de soie
blanche. Il paraît qu'on va saigner des types. Cela me
donne des sensations et je veux en être!

— On descend! annonça, sans grande cérémonie, un
laquais à gueule effrontée. Allons les mômes, les premières arrivées seront les mieux placées.

— On y va! On y va! crièrent de toutes parts des voix
éraillées.

La belle assemblée de filles et d'affranchis se rua dans
les escaliers de granit qu'éclairaient de hauts lampa-
daires.

— Le cinéma est dans le sous-sol! gouailla le laquais.
On éteint! On économise la chandelle!

— Si cela grossit nos parts, tant mieux! Je n'ai rien à
dire, railla la femme en toilette de mariée.

— Ça va, Ivy, riposta le valet. Toi, ma petite, tu recevras, un de ces jours, une de ces leçons de silence que le patron s'entend fort bien à donner aux dames de votre espèce, qui n'ont pas la langue dans leur poche.

La femme frissonna.

— Je ne dis rien de mal, murmura-t-elle avec un regard effrayé. On ne nous a pas défendu de rire.

— Eh bien, attends ton heure! répliqua le singulier domestique. Tu auras de quoi te tordre en bas. Réserve tes forces.

— C'est vrai, mon petit Jacky, qu'il y a deux types? minauda-t-elle.

Radouci par ce petit nom d'amitié, le laquais approuva de la tête.

— Deux! et Yen le Chinois est en bas, également, pour les préparer.

— Yen! s'écria la belle en réprimant un nouveau frisson. Mais alors, c'est un gala superbe!

— Il s'est fait la main l'autre jour sur cinq types rupins. A présent, il doit être à la hauteur, ricana l'homme.

— Cinq! Et je n'en étais pas? Il n'y a plus de justice!

— Ce sera bien plus beau ce soir, car Yen est en forme. J'ai dû lui donner une nouvelle meule. Ma parole, quand il a eu fini avec ses diables de couteaux, elle était à moitié usée!

— Chouette! cria la gueuse.

Ils étaient arrivés devant un large escalier en spirale, qui s'enfonçait dans les souterrains du château; on entendait monter d'en bas la rumeur d'une foule déjà en liesse.

La dernière marche aboutissait à une sorte de galerie souterraine, soutenue par d'épais piliers de pierre, sur laquelle s'ouvrait une large baie violemment illuminée.

De là, on pénétrait dans une immense cave voûtée, mais qui gardait bien peu des apparences d'une crypte. C'était devenu un magnifique salon; les dalles disparaissaient sous d'épais tapis de haute laine; des moellons, givrés de salpêtre, de la muraille, il ne restait plus trace, car d'admirables tapisseries orientales les recouvraient. Des dizaines de lustres irradiaient de tous leurs feux.

Autour de petites tables basses, richement sculptées et rehaussées d'ivoire et d'argent, une foule hétéroclite se pressait. Du champagne moussait déjà dans les coupes de cristal, des liqueurs multicolores brillaient dans des tulipes de bohème, telles d'énormes gemmes.

Cette foule, pourtant richement parée, parlait et gesticulait d'une façon vulgaire ; les femmes surtout, avaient le verbe bien haut. Parmi les hommes, il y avait quelques silhouettes moroses et distantes : des Hindous et des Levantins, mal à l'aise dans leurs accoutrements européens.

— Alors, on ne commence pas encore ? demanda, à haute voix, la femme que le valet avait appelée Ivy. Tant mieux, j'avais peur de rater le premier acte et, alors, je n'aurais plus rien compris à la pièce.

On daigna rire à sa douteuse boutade.

— Les figurants sont là, lui répondit-on, mais pas encore les acteurs.

Du geste, on lui désigna deux lourds piliers de pierre, au milieu de la cave.

La femme battit des mains ; pourtant, la scène qu'elle pouvait contempler n'aurait rien eu de réjouissant pour des gens de cœur.

Deux hommes étaient étroitement enchaînés aux colonnes.

L'un d'eux montrait une pauvre figure blême et de grosses gouttes de sueur perlaient à son front ; de temps en temps, il poussait un sourd gémissement.

De l'autre, on ne voyait que les jambes immobiles et les mains crispées, car une cagoule noire lui couvrait la tête.

— Quel est ce beau ténébreux ? demanda Ivy.

— Chut ! répondit le laquais. Garde ta curiosité pour plus tard. C'est une surprise. Ce sera le clou de la soirée.

— L'autre n'a pas l'air de trouver sa situation pépère ! gouailla la femelle.

— Vous verrez que Yen n'aura qu'à se montrer pour qu'il tourne de l'œil comme une rosière, dit le valet en faisant la moue. Il n'est pas à la page et nous n'en aurons pas pour notre argent.

111

— Yen se rattrapera bien sur l'autre, je suppose ? demanda Ivy.

— Et comment ! ricana l'homme en faisant un geste ignoble qui fit s'esclaffer les assistants.

Soudain, il y eut un remous dans la foule et un silence plana.

Un petit homme barbu, à la mine féroce et vile, se fraya un passage jusque devant les piliers.

— Le Dr Linthauer ! murmura-t-on.

Il jeta un regard fulgurant autour de lui.

— Silence ! tonna-t-il. J'ai déjà défendu que des noms soient prononcés. Quoique tout le monde ici me connaisse, je veux que cet ordre soit respecté.

— On commence ? demanda une voix.

— Quand le patron le voudra, dit le docteur. Ecoutez-moi, vous tous ici présents, filles, affranchis, lie de l'humanité, ceux dont nous avons besoin pour nos desseins ! Et vous aussi, continua-t-il avec plus de déférence, en se tournant vers le groupe des Orientaux silencieux et sombres. Vous aussi, les Vengeurs du Diable, comme on vous nomme à votre honneur.

» Sur l'ordre d'Hanumān lui-même...

Ici, les Orientaux s'inclinèrent respectueusement.

— ... Donc, sur l'ordre du dieu Hanumān lui-même, deux personnes seront de nouveau jugées cette nuit. La première, vous la connaissez, c'est Jack Willis, le gardien de l'infâme British Museum, l'odieuse bâtisse qui recèle les trésors volés à l'Orient, volés à nos dieux. La prison de nos dieux ! Ces dieux que nous avons pour mission de délivrer des griffes de l'Occident, opprimeur des grands peuples du Soleil Levant.

» Certes, Willis nous avait aidés à recouvrer quelques-unes de nos parures. Nous l'aurions récompensé richement, comme nous le faisons avec ceux qui nous aident, cela vous le savez.

— C'est vrai ! C'est vrai ! murmura-t-on autour de lui.

Le docteur bomba le torse.

— Mais Willis se disposait à nous trahir, et nous l'avons condamné...

112

— A mort ! crièrent-ils tous.

— Oui, à mort... Mais la main d'Hanumān ne fit que le blesser après qu'elle eut tué l'autre gardien, David Bens. Nous avons capturé Willis au moment où il était transporté à l'hôpital ; notre ami Pye, qui fit le coup, aura une récompense de cent livres !

— Merci ! Voilà ce qui s'appelle parler ! dit le laquais en rougissant de plaisir.

— Silence, Pye !

— On se tait déjà, docteur !

— Donc, nous tenons Willis. Tantôt, Yen aura l'occasion d'exercer son talent de bourreau chinois sur la carcasse du traître.

— Grâce ! implora le malheureux.

Un formidable éclat de rire lui répondit.

— Quant à l'autre, continua le docteur, Hanumān en personne se le réserve, et Hanumān viendra ici ce soir !

— Ici ? cria-t-on.

— Oui, ici, parmi nous. Et, à côté de la science du dieu, celle de Yen n'est qu'une ridicule comédie.

Bien que la foule fût composée des êtres les plus ignobles et les plus pervers que la vaste terre comptât parmi ses habitants, on vit les visages blêmir et des frissons agiter les membres des assistants.

— Il viendra ! tonna le docteur. En attendant, videz vos coupes et Yen servira les hors-d'œuvre.

Dans le fond de la cave, une draperie se souleva et l'on vit avancer un petit homme jaune, vêtu d'une longue blouse de soie rouge ; c'était Yen, le bourreau. Il avait une petite figure d'un jaune clair très lisse et un sourire niais se jouait sur ses lèvres minces comme des pétales, mais les yeux bridés luisaient comme des braises et reflétaient une cruauté inouïe.

D'un petit sac en cuir de requin, il sortit une foule de minuscules objets étincelants qu'il étala soigneusement sur une des tables basses : de mignons scalpels, des pinces, des vrilles, des coutelas courts mais larges, au fil plus tranchant que les meilleurs rasoirs de Sheffield. Cet attirail se complétait de ciseaux recourbés, de limes, d'instruments singuliers, impossibles à décrire ou à définir.

Pye, complaisant, expliquait à Ivy :

— Ces petits couteaux servent à découper les fibres du cou, les pinces à arracher les nerfs qu'il met à nu ; avec les vrilles, il fait de tout petits trous dans les vertèbres pour en retirer la moelle par fragments. Il paraît que c'est le supplice le plus atroce. Et puis, il dure longtemps. Le bonhomme en aura pour des heures à pleurer et à se plaindre. Avec les gros couteaux, Yen parfait l'ouvrage, quand le type a tourné définitivement de l'œil et que l'on ne parvient plus à le ranimer.

— Yen ! ordonna le Dr Linthauer, tu peux commencer. Fais que cela dure, sinon il y va de ta tête !

Le Chinois eut une profonde révérence, choisit une longue aiguille dans sa trousse et s'approcha à pas menus de Willis. L'homme jeta un grand cri...

Lentement, les lourdes portes de l'écluse de Zeebrugge s'ouvraient ; les eaux étaient venues à niveau du grand bief et un léger courant déferla.

Une sonnerie retentit dans la salle des machines du yacht qui éclusait.

Sur la dunette, Edward Van Buren lança un ordre bref.

L'éclusier, nanti d'un magnifique pourboire, salua militairement.

— Faites donner les moteurs ! ordonna Van Buren.

L'hélice fouetta l'onde noire en écume et *La Flandre* s'élança dans le canal obscur.

Tom Wills se tenait aux côtés de son ami et ne soufflait mot.

Il venait de vérifier les chargeurs de son browning ; avec satisfaction, il entendit, dans le poste de l'équipage, les cliquetis secs des armes à feu que l'on vérifiait.

Edward Van Buren désigna de la main une masse noire, qui surgissait, à bâbord devant eux, des ténèbres de la nuit d'automne.

— Voilà le Château de la Mer, dit-il d'une voix sourde.

— Il y a de la lumière à une haute fenêtre de la tour, dit Tom.

Mais le Belge secoua la tête.

— Non... Ce n'est qu'un reflet de la lune. Regardez, notre satellite est bas sur l'horizon.

Tom Wills regarda monter sur le paysage désolé le croissant rougeâtre de la lune à son déclin. Il frissonna longuement... C'était donc dans ce cadre maudit que le maître tant aimé, le vaillant Harry Dickson, avait achevé sa brillante carrière ; c'était, peut-être, cet horrible château qui détenait encore la dépouille odieusement mutilée du grand vengeur...

— N'y aurait-il personne au manoir ? interrogea Tom Wills.

Edward Van Buren ricana.

— Si fait. Je sais qu'ils ont des souterrains fameux là-dedans, et je sais aussi comment on y entre ! Je n'ai pas pour rien écrit des romans d'aventures et je me suis toujours documenté en conséquence.

» Cela m'a coûté quelques beaux billets mais, à présent, je ne le regrette pas. Un vieil ivrogne de majordome m'y a conduit un jour. Depuis lors, le dur genièvre flamand l'a mené un peu promptement en terre.

— Ah ! ce sont eux ! gronda Tom.

— J'ose presque dire qu'il n'y a pas de doute à ce sujet. Linthauer est une sorte de fou érotique, mais il dispose d'une fortune énorme. Cela lui a valu quelques amitiés officielles. De cette façon, on ne l'inquiète pas, malgré les bruits qui circulent sur son compte.

— Malheur à qui je vais trouver là-dedans ! siffla Tom Wills, blême de colère.

— Mes hommes ont l'ordre de tirer sur quiconque bougera. Je prends la responsabilité du massacre. Et puis, j'ai prévenu par sans-fil, en langage codé, mon ami, le chef de la police de Bruxelles... Ah ! voyez-vous, devant nous, ce feu vert ?

— En effet... Cela s'avance rapidement dans notre direction. C'est sans doute un canot muni d'un moteur silencieux.

— Une vedette de la police fluviale... Mon ami doit être à bord...

Quelques minutes plus tard, le canot au feu vert accostait et le chef de la police montait à bord, accompagné de trois de ses hommes.

Les présentations furent rapidement faites. Le chef de la police belge s'inclina longuement devant Tom.

— Je comprends votre peine, monsieur Wills, dit-il d'une voix émue, et croyez-moi, ce sera un grand honneur pour la police belge de pouvoir contribuer à venger Harry Dickson.

Tom ne put répondre que par une longue poignée de main.

— J'ai pleins pouvoirs pour détruire ce nid de bandits, monsieur Van Buren, dit le policier belge en se tournant vers l'écrivain. Il y a longtemps que nous nous inquiétons des allées et venues mystérieuses des hôtes de Linthauer qui, entre nous soit dit, est un vilain bonhomme, qui mériterait de passer devant les assises, pour de bien louches histoires encore mal élucidées.

La Flandre ralentit sa marche et, bientôt, elle s'accota à un débarcadère en bois goudronné.

Au fond de la plaine se précisait la sinistre silhouette du Château de la Mer.

— Il ne nous faudra pas aller jusque-là, dit Edward Van Buren. Regardez ce boqueteau : une des entrées des souterrains du manoir y aboutit. Il est bien masqué par les ronces, mais je m'y reconnaîtrai.

Silencieusement, les matelots de *La Flandre* montèrent sur le pont. Ils avaient des mines résolues et presque terribles. On leur avait expliqué ce qu'on attendait d'eux et, intérieurement, ils jubilaient de pouvoir cogner sur des bandits, comme bon leur semblerait.

— Jamais je ne me servirai d'un revolver, bougonna un colossal Gantois. Avec mes mains, et rien qu'avec mes mains !

Tom Wills vit sortir de l'ombre deux pattes plus larges que des battoirs, de taille à briser une tête comme une vulgaire noisette.

116

— Silence! commanda Van Buren. Et en route!

Ils partirent à travers la lande où ne retentissaient que le murmure des roseaux et, de temps à autre, le cri de chasse d'un rapace nocturne; une bête saignée par une belette cria, et Tom frissonna à cet écho d'un petit crime des ténèbres.

— Croyez-vous qu'ils auront placé des sentinelles? demanda le chef de la police.

Edward Van Buren fit halte.

— C'est juste, dit-il.

Il appela le Gantois pour lui dire quelques mots à l'oreille. L'homme partit en avant. Son corps puissant avait des mouvements souples de félin. Bientôt la nuit l'avala.

— S'il y a quelqu'un dans le boqueteau, son compte est bon, murmura Van Buren.

Ils trouvèrent le Gantois les attendant à l'orée du bois.

— Eh bien? demanda le chef de la police.

Le marin montra du doigt une forme sombre, allongée dans le hallier.

— Je crois que je lui ai un peu trop serré la nuque, dit-il avec embarras.

Tom Wills fit jouer sa lampe électrique et la lumière tomba sur une tête déformée, qui semblait avoir été touchée par un marteau-pilon.

Le chef de la police gloussa.

— Je connais ce particulier, fit-il.

Se tournant vers le matelot, il lui frappa amicalement l'épaule.

— Voilà qui vous vaudra une belle prime, mon garçon. Vous venez de débarrasser votre pays d'un fameux criminel. C'est Sypens, le tueur!

— Sypens! gronda le Gantois. J'aurais dû lui arracher d'abord les bras et les jambes, à ce tueur d'enfants... Il a eu une mort trop douce. Je me le reprocherai toute ma vie!

On fit halte devant une épaisse haie de ronces, que Van Buren se mit à sonder à l'aide d'une gaffe.

— Le souterrain s'amorce ici! annonça-t-il enfin.

— Apprêtez les revolvers, ordonna le chef de la police.

Au moindre mouvement suspect de la part de ceux que nous trouverons là-dedans, nous ouvrirons le feu sans faire de quartier.

Deux ou trois lampes électriques furent allumées, et la troupe vengeresse s'engagea dans le sombre passage où stagnait une fétide odeur de marécage et de pourriture.

On riait, on lançait d'ignobles boutades, on applaudissait à chaque contorsion de la victime. Les rires et les injures couvraient ses cris de souffrance.

Le Chinois venait de se saisir d'une petite pince en acier qui scintillait à la lueur des lustres.

— On va lui arracher un nerf! gloussa la belle Ivy. Attendez, vous allez entendre piailler la volaille!

Le bourreau poussa l'instrument dans une plaie saignante, l'y retourna puis, tout à coup, le retira d'un coup sec.

Willis poussa une clameur hideuse et s'évanouit.

Yen lui versa aussitôt quelques gouttes de cordial entre les dents, mais le supplicié ne bougea pas.

Quelques minutes s'écoulèrent. La foule grondait, mécontente.

— Voilà ce que c'est de saigner des petits poussins, dit Pye. A propos, patron, fit-il en se tournant vers le Dr Linthauer, qui assistait à cette scène avec une joie sauvage, ne pourrait-on, en attendant que ce gentleman reprenne ses sens, se payer un petit intermède avec l'homme du carnaval.

— Oui, oui! crièrent les autres. Si l'on chauffait un peu les pieds du prisonnier masqué.

— Hanumān se le réserve, répondit sèchement le docteur.

— On peut toujours lui chauffer les pieds, cria-t-on. Il doit avoir froid!

Linthauer hésitait, mais il vit autour de lui des visages mécontents.

— Je vous permettrai un coup, mais un seul, dit-il. Cet homme porte une cagoule. Je vous autorise, Pye, d'y porter un petit coup de stylet. Tâchez de lui crever un œil et vous aurez dix livres. Si vous manquez sa douce prunelle, je vous enlève vingt livres de votre prime.

— Je marche! s'écria Pye. Qu'on me donne un stylet!

Yen tendit le couteau demandé au bandit.

— Vise bien, mon chéri! cria Ivy. Il y va de tes dix livres! Et on partage, hein?

De toutes parts, on se mit à rire.

— L'aura! L'aura pas!

— Je l'aurai! cria Pye en se plantant devant l'homme masqué.

Rien ne semblait démontrer que l'homme eût entendu, mais Ivy vit ses mains entravées se crisper, et elle en fit joyeusement la remarque.

— Il cane, le particulier! Crève-lui la mirette, mon petit Pye!

Le laquais leva son arme, choisit sa place et, avec un ricanement féroce, abaissa le bras...

Mais l'acier ne toucha pas la toile de la cagoule; Pye jeta un cri terrible et s'écroula, vomissant un flot de sang noir: une balle venait de lui traverser la gorge.

En même temps, une formidable tempête de cris, de jurons et de tables renversées emplit la cave.

— Sauve qui peut! hurlèrent les bandits. On est trahis!

Trop tard! Des coups de feu éclataient de toutes parts. Les matelots de *La Flandre* se lançaient à la curée.

Ce fut un horrible carnage.

On vit les bandits s'affaisser, fauchés par les décharges meurtrières des brownings des marins et des policiers.

La tête de Linthauer éclata, comme une noix fraîche, à deux pieds du revolver de Tom Wills; Ivy, touchée au ventre, se tordait sur le sol en crachant des blasphèmes; un matelot la tua en lui écrasant la tête comme à une vipère.

Tout à coup, des cris plus aigus que les autres s'élevèrent au-dessus du tumulte. Edward Van Buren s'élança vers le fond de la cave, d'où ils partaient, et il resta un instant sidéré d'horreur.

Le marin Gantois manipulait Yen le Chinois comme s'il

n'était qu'une vulgaire poupée sans valeur, bourrée de son. Il l'écartelait vivant !

— On lui doit bien ça ! dit-il avec beaucoup de calme. Et puis, je n'aime pas le jaune, moi !

Et, d'un mouvement rapide, il prit le Chinois par le menton et lui tordit la tête dans la nuque. Il y eut un craquement atroce : la colonne vertébrale venait d'être rompue. Le bourreau chinois avait cessé de vivre.

Un peu de calme se rétablit. La plupart des bandits avaient été tués. Les autres, grièvement blessés, gisaient sur le sol et les matelots se mettaient en devoir de les ficeler comme de vulgaires colis.

C'est alors que Tom remarqua l'homme à la cagoule, enchaîné au pilier.

D'un coup sec, il arracha le capuchon et poussa un cri immense.

Devant lui, pâle mais souriant, se tenait Harry Dickson !

Harry Dickson !

Harry Dickson vivant !

Harry Dickson dont il avait vu la tête tranchée !

Et, cette fois-ci, ce fut de joie que Tom s'évanouit !

Rapidement délivré de ses liens, Harry Dickson aida ses sauveteurs à explorer le château, mais on n'y trouva plus personne.

— Nous tenons toute la bande, ou plutôt ce qu'il en reste, dit le chef de la police.

— Nous ne tenons pas le chef ! dit Harry Dickson.

— Pardon... Le Dr Linthauer est mort de la main de votre élève.

— Ce n'est pas le chef !

— Maître, dit Tom, m'expliquerez-vous...

A ce moment, le technicien du marconi de *La Flandre* entra :

— Un sans-fil urgent pour Mr. Dickson ! cria-t-il. De Londres, de Scotland Yard !

— Alors, on me croit encore vivant là-bas, dit le détective en souriant et en s'emparant de la dépêche.

Il la lut, puis la tendit en riant à Tom et à Van Buren :

— Voilà le mystère de la sixième tête expliqué, mes amis.

Ils lurent à leur tour :

Tête habilement maquillée. Pas celle de Dickson, mais de Jim Pike. Félicitations et bonne chance — Goodfield.

7. Le dieu Hanumān

Harry Dickson et Tom Wills étaient descendus au Grand Hôtel de Bruges. Pendant une couple de jours, ils y restèrent dans une parfaite inactivité.

— Si l'on retournait à Londres ? proposa Tom comme le troisième jour après la délivrance se levait.

— Le dernier acte de la pièce n'est pas encore fini, dit Dickson.

— Ah !... Et le rideau attendra-t-il longtemps avant de se baisser sur le finale ? plaisanta Tom Wills.

— Pas plus tard que ce soir, mon garçon, répondit le détective de bonne humeur, et j'ai choisi un décor idéal pour cela : ce magnifique vieux Bruges, avec ses béguinages, ses merveilleux monuments, ses petites ruelles mystérieuses.

— Alors, patientons en mangeant cette excellente sole au vin blanc, dit comiquement le jeune homme en regardant le plantureux repas que le maître d'hôtel venait de déposer devant eux.

Quand les premières ombres s'allongèrent sur la ville endormie, un valet de chambre vint annoncer à Dickson qu'un commissionnaire venait d'arriver pour lui avec «la chose qu'il savait bien».

Dickson sourit et remercia joyeusement le domestique.

— Mon petit Tom, dit-il quand ils furent seuls, nous allons, ce soir, donner à la loi belge un petit accroc dont la police ne nous tiendra pas rigueur, je pense, car il y va grandement de son renom. Nous allons nous transformer en de simples cambrioleurs.

— Bien, dit Tom. Voilà un genre d'expédition qui me plaît. C'est plein d'imprévu et de charme !

— Voilà mon Tom qui, de Sherlock Holmes, voudrait devenir Arsène Lupin, fit Harry Dickson en éclatant de rire.

A la nuit close, ils sortirent, chaussés de feutre épais et vêtus de noir.

— Revolver ? demanda Tom.

— Si vous voulez, mais ce lasso que je porte sous mon manteau me suffira, je pense…

— Vous allez prendre des chevaux comme les cow-boys ?

— Des chevaux non, mais une vilaine bête quand même !

Les rues étaient désertes ; un carillon invisible pleura sur la cité endormie ; une cloche sonna une heure tardive.

Ils s'enfoncèrent dans le dédale des ruelles du merveilleux quartier du Minnewater, dont Tom entendait s'égoutter les vieilles écluses.

— Maître, dit-il à voix basse, il y a depuis un quart d'heure une charrette qui nous suit. Une charrette surmontée d'une bâche noire.

Le détective ne se retourna pas.

— Laissez-la nous suivre, Tom. Je serais bien marri si elle ne le faisait pas.

Ils s'arrêtèrent devant une haute maison à pignon, toute noire, dont toutes les fenêtres étaient éteintes.

Harry Dickson trifouilla pendant quelques instants dans la serrure et la porte s'ouvrit.

Ils pénétrèrent dans un vaste corridor qu'ils parcoururent en silence. Arrivé devant un escalier, Harry Dickson fit jouer une lampe minuscule, qui jeta un mince filet de lumière devant eux.

Au premier étage, le détective et son compagnon firent halte et respirèrent. La maison était silencieuse et comme morte.

— Attention ! dit Dickson tout bas en poussant une porte.

Le jet de lumière se promena sur les murs d'une vaste chambre.

Tom Wills sifflota doucement.

C'était un des plus beaux cabinets de travail qu'il eût jamais vus. Les murs disparaissaient littéralement sous les livres. Des objets d'art, tous d'un cachet oriental accentué, jonchaient littéralement les meubles.

— Où sommes-nous ? demanda Tom Wills.

— Chez notre savant ami le Dr Lummel, répondit Harry Dickson à voix basse.

— Le malheureux qui fut assassiné au British Museum ?

Harry Dickson ne répondit pas, se contentant de siffloter à son tour.

— Et maintenant, soyons sur nos gardes plus que jamais ! dit-il enfin.

Il avait à peine prononcé ces mots, que Tom poussa une clameur d'effroi.

Quelque chose d'affreux, mais d'indéfinissable, venait de jaillir de la muraille, quelque chose de velu qui lui frôla la joue en l'égratignant jusqu'au sang. En même temps, il entendit le bruit aigu du lasso qui sifflait et le maître crier à haute voix :

— Lumière, Tom ! Là... le commutateur près de la porte.

Machinalement, le jeune homme obéit.

Une vive clarté inonda la pièce, mais de nouveau Tom Wills cria de terreur. Dans le nœud du lasso de cuir, un horrible bras velu, terminé par une griffe redoutable, se tordait comme un hideux serpent, et ce bras monstrueux sortait de la muraille même.

— Tiens ton revolver prêt si le coquin bouge, ordonna Dickson, mais ne me l'abîme pas trop si tu es obligé de tirer. Je le veux vivant.

Ce disant, il se mit à donner de vigoureux coups de pied contre le mur. Celui-ci n'était qu'une cloison de bois léger qui céda aussitôt.

— Attention ! cria le détective en voyant que le panneau s'ébranlait et menaçait de tomber.

Un cri de fureur retentit. Tom Wills vit, tout à coup, une forme sombre bondir dans la chambre. Mais Dickson fut plus rapide encore et, un moment plus tard, la forme gisait sur le sol, étroitement ligotée par le lasso.

Alors, Tom reconnut un énorme singe, qui grimaçait hideusement.

— Mon petit Tom, je vous présente le dieu Hanumān! s'écria joyeusement Harry Dickson. Allez dans la rue dire à notre ami Van Buren d'ouvrir la cage de fer qui se trouve sur sa charrette. Moi, je me charge d'apporter l'oiseau!

Une heure plus tard, dans la cour du bureau central de la police, Harry Dickson présentait son prisonnier:

— Messieurs, je vous présente le dieu Hanumān et, en même temps, l'assassin du gardien Bens, de Jim Pike et de bien d'autres encore sans doute.

— Et du Dr Lummel! dit Tom Wills.

— Non! dit Harry Dickson.

— Mais, monsieur Dickson, dit le chef de la police, nous ne pouvons pas déférer cet animal devant les juges. Tout ce que nous pouvons faire, c'est l'expédier au Zoo d'Anvers.

— Pas du tout, répondit le détective. Ce singe passera aux assises prochaines!

— Mais, depuis le Moyen Age, on ne fait plus leur procès aux animaux reconnus coupables de meurtre, dit ironiquement le policier.

— Attendez donc, chef, dit le détective. Un de vos agents voudrait-il avoir l'obligeance de faire rougir un tisonnier dans le poêle dont je vois d'ici danser la réconfortante lueur?

— Mon Dieu, monsieur Dickson, n'est-ce pas là une torture inutile? demanda le chef de la police avec embarras.

— Je ne vous demande qu'un instant, dit le détective.

On apporta le tisonnier chauffé à blanc.

Lentement, le détective s'approcha des barreaux de la cage.

On vit le singe se tasser peureusement dans le coin le plus reculé mais, sans aucune pitié, le détective lui plongea le tisonnier ardent en plein dans la fourrure. Alors se passa quelque chose d'inimaginable. La bête poussa un cri de douleur et, tout à coup, elle se mit à hurler:

— Grâce! Grâce, monsieur Dickson!

— C'est à devenir fou! clama le chef de la police.

Edward Van Buren, pour la première fois depuis le début de la terrible aventure, chancela d'émoi.

— A présent, je vous présente le Dr Lummel sous son véritable aspect, dit froidement le détective. Vous l'avez toujours vu rasé, masqué par de gigantesques lunettes, habillé en gentleman et toujours ganté de noir; maintenant que la toison de sa face a repoussé, qu'il est dépouillé de tout vêtement, vous le voyez tel qu'il est. Dommage que le bourreau le réclame, sinon Barnum nous en donnerait une belle somme.

— Je ne comprends pas... je ne comprends pas, gémissait-on autour de lui.

— Eh bien, messieurs, rien ne s'oppose à ce que je soulève le dernier voile du mystère. Mais si on le faisait autour d'une bonne bouteille de vin et d'une caisse d'excellents cigares?

Quand la fumée bleue monta et que le vin vermeil brilla dans les verres, Harry Dickson commença:

— Le Dr Lummel est un savant, un grand savant, bien que je le croie fou à lier. Il fit de longs séjours aux Indes anglaises et surtout dans les environs de Lahore. Vous savez que ce pays mystérieux est assez fertile en créatures mi-hommes, mi-bêtes. J'ai récemment été en contact avec l'une d'elles, au cours d'une de mes plus dangereuses aventures.

» Ce sont des gens qui, tout à coup, voient leur corps se couvrir de longs poils; leurs membres se déforment, ils prennent l'aspect hideux d'une bête sauvage, celui d'un tigre et surtout d'un singe. Souvent, leur mentalité s'apparente par la suite avec celle du monstre auquel ils ressemblent.

» Le cas a été étudié. Nos savants croient se trouver devant une maladie tant physique que mentale, que d'aucuns disent d'origine lépreuse.

» Quoi qu'il en soit, le Dr Lummel a dû contracter le mal mystérieux. Mais, au lieu de s'en désoler, il s'en fit une gloire.

» Il s'était surtout appliqué à l'étude de certains ani-

125

maux-dieux de l'Inde et notamment de Hanumān, le guerrier-singe déifié.

» Il en était arrivé à croire aveuglément à la puissance de ces divinités ; je crois savoir qu'il avait abjuré son ancienne foi chrétienne pour embrasser une religion d'Orient.

» Le mal gagna du terrain et, bientôt, le transforma en une épouvantable créature simiesque.

» Alors, Lummel crut qu'il était une incarnation vivante du dieu Hanumān.

» Il se trouva, autour de lui, d'autres gens pour le croire, de riches Hindous et, peut-être même, quelques Blancs névrosés.

» Il conçut alors un plan criminel formidable : la vengeance de l'Orient sur l'Occident !

» Mais, pour cela, il devait revenir en Europe.

» Il reprit des habits convenables, se rasa les joues et se ganta éternellement de noir. Remarquez que le Dr Lummel ne quittait jamais ses gants ! C'est le premier indice qui me mena vers la vérité.

» Les riches Hindous, confiants dans sa mission et espérant voir bientôt sombrer la puissance britannique, lui fournirent des capitaux énormes.

» Lummel vint en Angleterre. Il lui fut facile, grâce à sa renommée, d'avoir ses grandes et petites entrées dans le British Museum.

» Grâce à la complicité du gardien Willis, qui a bien expié ses fautes par les atroces blessures qu'il a reçues, il réussit à voler les plus belles parures de notre musée national. Il appelait cela une restitution à l'Orient spolié.

» Il parvenait donc à s'introduire nuitamment dans le bâtiment.

» La nuit où il tua Bens et blessa Willis, qui voulut l'empêcher de commettre un meurtre, il se glissa également dans la salle des divinités, espérant y trouver un abri. Comme le temps lui semblait long, il se mit à lire une coupure d'un journal qu'on lui avait envoyé la veille. On y critiquait son œuvre d'une manière acerbe. Pris de fureur, car l'homme est terriblement irascible, il déchira le papier et un morceau en tomba sur le sol.

» Alors, il entendit le pas du gardien Miller et se réfugia derrière la statue d'Hanumān. J'ai appris, depuis lors, que Miller avait l'habitude de parler avec les divinités pour se distraire pendant ses longues heures de veille, et il le faisait sans aménité.

» Probablement aura-t-il lancé une injure au dieu simiesque, injure qui mit Lummel au comble de la rage et lui fit tuer le gardien.

» Il eut alors un geste de cabotin : il teignit du sang de sa victime les mains de la statue. Il se croyait encore devant la foule superstitieuse de l'Inde et non en Europe, où les détectives le sont un peu moins.

» Quand il sut que j'avais trouvé le papier, il comprit que je ne serais pas long à le découvrir et il disparut, simulant un nouveau meurtre.

» Comme il disposait de sommes fabuleuses, il avait réuni autour de lui une bande des pires canailles de la terre pour l'aider à perpétrer des crimes sans nombre. Il gagna facilement à sa cause son compatriote, le Dr Linthauer, un homme taré, en proie à d'incessants embarras d'argent.

» Il choisit alors un nom bien oriental pour sa bande d'escarpes : Les Vengeurs du Diable.

» Grâce à son armée de tueurs, il s'empara des principaux orientalistes d'Angleterre, en qui il voyait des profanateurs, et il les exécuta d'une horrible façon.

» Jim Pike était de la bande et nous savons comment il finit.

» Voilà, en résumé, l'histoire des Vengeurs du Diable et de leur chef, l'effroyable Dr Lummel, le vivant dieu Hanumān.

» Maintenant, je crois avoir encore le temps de prendre l'express de nuit pour Ostende d'où, à la première heure, je pourrai m'embarquer sur la malle pour Douvres. Bonne nuit, messieurs.

Achevé d'imprimer en Europe
à Pössneck (Thuringe, Allemagne)
en mai 1995
pour le compte de EJL
27, rue Cassette 75006 Paris

Dépôt légal mai 1995
1er dépôt légal dans la collection : septembre 1994

Diffusion France et étranger
Flammarion

Imprimé sur papier sans chlore et sans acide